时光笔迹

王书艳 ◎ 著

长 春 出 版 社
全国百佳图书出版单位

图书在版编目（CIP）数据

时光笔迹 / 王书艳著. -- 长春 : 长春出版社，
2025. 1. -- ISBN 978-7-5445-7604-8

Ⅰ. I227

中国国家版本馆CIP数据核字第2024H23S60号

时光笔迹

著　　者　王书艳
责任编辑　高　静
封面设计　宁荣刚

出版发行　长春出版社
总 编 室　0431-88563443
市场营销　0431-88561180
网络营销　0431-88587345
地　　址　吉林省长春市南关区长春大街309号
邮　　编　130041
网　　址　www.cccbs.net

制　　版　长春出版社美术设计制作中心
印　　刷　长春天行健印刷有限公司

开　　本　880mm×1230mm　1/32
字　　数　152千字
印　　张　10.25
版　　次　2025年1月第1版
印　　次　2025年1月第1次印刷
定　　价　59.80元

目　录

第 一 辑

时光笔迹

父亲的眼神

"铁路人"是父亲的自称

曾经，父亲的目光

沿着长长的铁轨延伸

从心里抵达灵魂

父亲把青涩的光阴

铺成铁轨下的枕木

被岁月的风雨荡涤

两根沉默的铁轨

用时间和父亲交流

在父亲肩膀上

延伸成两条平行的射线

载着越来越衰老的父亲

驶向生命的遥远

而现在，父亲眼神依然炯炯
我看到在父亲的瞳孔里
是两条高高架起来的铁轨
当"和谐号"疾驰在高速铁路上
仿佛穿透父亲眼神里的沧桑
与中国的速度接轨

父亲的铁轨

父亲把他一生最好的时光

都交给那条长长的铁轨

那些披星戴月的日子

仿佛父亲把那条铁轨扛在肩上

父亲就随着轰隆轰隆

内燃机的风火轮一起滚动着

铁轨就成了父亲眼睛里

和心中最美的风景

小的时候随母亲居住在乡下

总会听到别人说父亲是铁路上的人

铁路在我们家里就成了

代名词，母亲是铁路上的家属

我和弟弟妹妹就是铁路上的孩子

在乡下，铁路是遥远

更是神秘，铁轨是父亲生命的轨迹

退休的父亲已不再每天追赶火车

只有那套印着铁路标识的制服

是父亲晚年最完整的寄托

制服上有岁月磨砺的痕迹

难怪父亲最喜欢

常常穿着它和人搭话

年迈的父亲已经把那条铁轨藏在心里

写给妈妈的歌

曾几何时我还牵着

妈妈的衣角

缠着妈妈给我们姐弟

讲格林童话里的小红帽

坐在妈妈的膝上

依偎在妈妈的怀里

被妈妈轻轻地摇

如今妈妈已是满头的白发

是生活蹉跎了妈妈的青春

是儿女们让您历尽了艰辛

还有这个家

让您受尽了苦难和操劳

亲爱的妈妈，女儿知道

在您每一根的白发里

都书写着一个感人的故事

您把所有的爱都给予了

这个家和您的儿女们

您的幸福就是一家人的欢笑

您的幸福就写在

爱人的脸上和孩子的眉梢

当您的女儿也做了妈妈

才真正地体会到

母爱的伟大

做母亲的自豪与骄傲

还有肩上的责任

母爱如大地般无私

把一切奉献给世界，不求回报

亲爱的妈妈，女儿终于知道

大凉山，我遥远的念

——写给在大凉山和女儿一起支教的孩子们

大凉山——

一座完全陌生的山

在你指给我的地图上

我把这儿圈在心里

并记下了那个

不能再偏远的偏远

记住了那个

并不是平川的平川

还记住一个叫

"阿依土豆"的网名

从此，你们的心里装下了

那棉花白一样的云朵

更装满那山里孩子们
一双双澄清的眼神
从此，妈妈的心里就装下
那份来自大凉山，遥远的念
即使妈妈不说你也懂
就像你想念家人和小黑
在你心头的重与暖

我只说，既然
你选择了远方和付出
你就能撑起这份责任和信念
你们就是这山里
一缕缕暖春的和风
轻轻拂过这里的
一棵棵小树和花朵
你们多浇下一瓢水
就会多一棵树的茁壮
多一束花的绽放
前方的路不论多坎坷

你们不仅要用脚去丈量

更是要用心去丈量

写于 2017 年春

索玛花的盛宴
——写给在大凉山支教的女儿

当你挚情的眼神

漫过海拔两千八百米的高度

大凉山的每一座山谷

就已经张贴出春的海报

索玛花最先闻到了气息

淡白色的素雅

粉面佳人的羞涩

火焰红的热烈

她们都争先恐后

把花香溢满山坳

花色如海，香风万里

据善良的山风说

这是为你们洗尘

殷勤的溪水说

这是春天的絮语

还有一朵朵散落在

校园里的索玛花

那一张张粉嘟嘟的小脸

他（她）们说

这场索玛花的盛宴

就是大凉山最真情的献礼

稻花香里说丰年

伊水之河是家乡的伊通河
润泽着两岸的黑土地
我认为，水稻就是
伊水名副其实的女儿
稻，自然属水命
天生与水相亲、相合
生长在伊水的稻子
也就染上了水的习性
稻花飘香，六月艳阳
稻壳里的浆液
慢慢浸满扬花的稻穗
伊水之畔的水稻
她将所有的爱意长成稻米

稻米就更像珍珠的模样

在稻壳的蚌里

孕育那一颗颗饱满的晶莹

而我更觉得那是

爷爷在世时流淌的汗水

汗滴禾下土，太阳

烤疼了爷爷的脊背

爷爷的腰又弯下三寸

目光更贴近与稻子的直线距离

成熟的稻子，一簇簇

经过爷爷结着厚茧的老手

就是完成一次洗礼的过程

就成为香喷喷的稻米

更是爷爷，在稻花香里

常说的丰年往事

稻米是众多粮食种类之一

也是家乡人最心仪的口粮

伊水之源的春城

成就了黑土之上的稻米美人

而成熟的稻子

就是母亲河的骄傲

当稻米走出春城时

犹如北方的伊人远嫁他乡

时光笔迹

紫色的土豆花又开了

大地张开多情的怀抱

呢喃的燕子

捎来紫丁香的花色

你再一次听到

青玉米拔节的呻吟声

在夜的深处颤抖

与时光赛跑的是

黑土地上那些疯长的庄稼

不再沉默，不再消极

它们奋力与黑夜抗争

旧光阴晃动的影像

滑落在时针轨迹里

停顿在秋千的断裂处

一株白色的菟丝花

爬上老月亮的荒额

企图高瞻远瞩

我用时光之笔，真实

记录岁月留下的痕迹

一些慢下来的事情

都被时间搁置在

万劫不复的流年

就像你风花雪月的心事

就像你朝秦暮楚的脚步

旗　袍

轻轻撩起一帘春梦

便引诱那个风姿绰约

琵琶声里流韵生香

团扇羞面的佳人

锦缎或素衣

紧裹嫣然的风情

承袭晚清的风景

你轻挪莲步

款款走过民国的月色

展现着一个朝代的

回眸与延世

你像一枚精致的青瓷

清雅的蓝釉

婉约的韵致

兰花袢里扣不住的妖娆

让君王误朝的后宫

一袭旗袍倾城

依然打扮着人间四月

一首桃花诗里的女子

你就是我的顶礼膜拜

村　庄

村庄已是遥远的念想

是存活在梦里的风景

是一缕随风飘忽的炊烟

是门前老井台旁垂着胡须

那棵沧桑的老柳树

是驼背的爷爷

满脸皱纹的憨笑

是小脚奶奶

绾着斑白发髻的身影

是父亲从村口早出晚归

那日复一日疲倦的身影

是母亲在灶台旁

忙忙碌碌的旧时光

是我儿时手中

紫色的风铃和花手绢

而每次从梦里醒来

还没来得及看清村庄的模样

就被眼角挤疼的泪水淹没

春天的供词

惊蛰，拍响一枕惊堂木

让走秀的雪柳

惊魂落魄，魂不守舍

而一朵羞涩的海棠红

一定红过那个

新娘出嫁时的胭脂

紫燕撩春，但留鸿爪春泥香

毛毛狗轻挑疏帘

贴着春的腰肢东张西望

看溪，听雨，问草儿

解开扣袢的声音

阑珊处，迎春花

才是那个探春的妖精

桃花坞挤满心事的桃花
让城东的小河湿了眼窝
桃花溪供认不讳
这一切都是春天的唆使

梨花往事

撵尽大清的光阴

一树一树的梨花绽放

春风十里安山头

百年不落梨花树

这里是梨花的部落

满枝梨花吐蕊的声音

逢着春风，花语绵绵

而乌拉街口

就是梨花的第一个驿站

与你相约在人间的四月

风是暖的，流水也殷勤了许多

如果逢雨润春

四月的雨如丝如麻

缝织天与地的一帘幽梦

缝织人间的离恨别情

春天的雨丝细密

如伊人的心事

据说春雨是梨花的乡愁

所以，梨花带雨

这漫山如雪的花瓣

春风不必太张扬

梨花就将情话吐出舌尖

吐出花蕊的翘楚

叮嘱招摇的粉蝶

这满树的芳菲

是觐奉给宫廷的故事

说不尽的梨花梦

将百年的往事

一遍一遍地翻出

再一次，送给这人间四月天

等待谷雨

等待一只鸟儿的布施
等待一场雨淘洗的季节
云卷云舒的四月天
是布谷叫醒画眉的人间
风动，云动，雨动
心随之隐隐地动
桃花的眼神夭夭
这让天空矮下一寸
杏花羞涩的粉腮
探出村庄的篱笆
让土地，田野蠢蠢欲动
我在谷雨润泽的田垄上
寻找爷爷曾经播种

踩下的脚印

还有牵着耕牛犁地的

吆喝声

而这一切遗失景物

在时空的交替中

都已深陷大地的更深处

每一处风景，都是热爱生命的课堂

溪流给了山林生命

让草木在时间里蓬勃

或枯萎

也把这些石头

磨去了棱角

允许它们与季节暧昧

却束缚一些事物发展的趋向

这都是生命的一个过程

我们在时间的红尘中诞生

也将被抛弃在

时间的概念之外

偶遇生命里的

每一处风景

不论是繁华、幽静

或烟云、或尘埃落定

我们都该无条件地热爱

因为这些，都是生命的课堂

今夜，走过德令哈的妹妹

——致汪璐

妹妹的眼神

是今夜德令哈

最后落尽山坳里的

被双手擎着的一片雪花

此时你牵着星星的光芒

和姐姐一再絮语

拥抱过德令哈的夜色

从此，你的怀抱

不再生长寂寞

多年前的姐姐

深陷写满德令哈诗句里

深陷海子的孤独

今夜，妹妹的泪水

将德令哈的星光

再次打湿

妹妹别哭，今夜姐姐只想你

我高傲的雪莲

姐姐陪你推开这夜的疲倦

一起把忧伤推远

妹妹，你是我手心的暖

我不得不一再紧攥

今夜陪你走过德令哈

走出这长夜的暗

高原的蓝就会发芽在我的梦里

阳光下的蜀葵

——致蒋殊

美好的事物

总是令人心清神爽

如，一滴露穿透时空

打湿花蕊的声响

或看到一朵蜀葵花

刚好开在晨光下

开在摇晃的人间

开在你的笔端

就像你说话时

微微上翘的嘴角

是春风十里

是山川明媚

这些，都会让一个人产生浮想
让一个人的文字
从此不能安分守己

自从蜀葵被你加封
宠爱蜀葵就是你我之间
不可言说的秘密
蜀葵不及牡丹雍容
不及兰花矜持
不及荷花清幽
但你说，蜀葵花有灵性
可以铺张江山万里
可以颠覆一个人的思想
类似种种，我都信了
本来蜀葵花，也是
我儿时看惯的花
彼时，我还不知道
爱一朵花可以无条件
去放纵一个人的思维
可以用文字给她冠名

被你演绎成文的蜀葵

从此摇曳生姿

我要极尽勇气和手段

去取悦每一朵蜀葵的芳心

两枚银杏树的叶子
——致蒋殊

就这样默契

没有一丁点的预知

先前，谁都不曾提起过

有关先生院子的话题

先生的文字一直都

装在彼此的心里

一切都源于文学

从相识到相知

在我们各自的名字里，只因

涵盖着对方的谐音

就缘定了你我今生的金兰

于彼此的文字和美图

更是多了一份青睐

在对方的空间里

想念着，不曾抵达的远方

无数次策划相聚的场景

我终于懂了

缘分根本无须任何理由

你看我俩多像

银杏树上的两枚叶子

慢慢从夏季走过

在这里我们将时光轻轻揉碎

像翩翩金色的蝴蝶

邂逅在秋日的光阴里

我要去斯卡布罗集市

我一定要去一座

仙境般的小镇

满园的花香鸟语

那个名字叫斯卡布罗的集市

我要带上芜荽、鼠尾草

迷迭香、百里香的花籽

在春光明媚时日

选一个寂静的渡口启程

我必口念咒语

手捻佛珠，虔诚地种下这些种子

等待花开的过程

需要一份耐性

穿上那条落满蝴蝶的长裙

沾满芬芳的麻布衣衫

梳着一条棕榈色长长的辫子

等你在万顷芬芳的花色里

我的面颊是嫣然的红

盼你策马飞来的身影

那些蝶衣沾满芳菲

必会香得让你心慌

我的眼里就会长满

数百亩芫荽和鼠尾草

它们飘散在风中，花香万里

迷迭你魂不守舍的心境

木槿树的叶子又黄了

木槿花矜持地开过

你又没看到它

颤抖在枝头的妖娆

错过了花期

是宿命里的遗憾

那些先于叶子

凋落的花骨成千

与泥土为伴

该于去年的花容相似

木槿树在荷香熏过的季节

疼过一阵子

而风雨抚过被时间割破的伤口

了然入目、入心

变成往事不堪一击

让时光的酒觞尘封

秘而不宣，守口如瓶

只待那一树叶子泛黄时

你说这才是你最渴望的金贵

山　楂　树

首先要说明

这一次对你的命题

与那首异国的民歌无关

你是德令哈走丢的诗行

你满枝未果的青涩

是我不曾说出的诺言

守候一份千年的盟约成谶

在你枝繁叶茂的蓬勃里

打着瞌睡，山楂树

你必会在我每夜的

梦醒时分，幽帘成荫

沿着你种下的诗文行走

去梦里与树下的海子邂逅

但我必须要牢记

那个永远伤情的春天

怀念，那年一个人在我的心头

种下的德令哈

怀念，远方的那一树

深情款款的眼神

在落寞的光阴中期待

时间总会将我

一地的相思寸寸切割

鹿鸣山庄

晨光熹微，鸟鸣滴脆
紫薇花像那个
默不作声的女孩
羞涩的表情
掩饰心底的不安
石榴花努力控制
即将离别的情绪
木槿花的叶子
像个青涩少年
而葱盈的蜀葵花
与那只不靠谱的蝴蝶
还在纠缠不清
过早地凋零了花容

当稍远处弥漫的荷香

淹没乌拉草堂时

也刚好漫过整座山庄

这些都是鹿鸣山庄的细微处

它们都被清露润泽一夜

恰巧被我窥探的眼神惊醒

这时我刚好听到

那一声"呦呦鹿鸣"

写于 2017 年 8 月

就从楚河说起

此时，你就站在楚河之彼岸

而我却不是那个

楚楚的伊人虞姬

项羽，远古的帝

请你下一道谕旨

将楚河填平

在今夜我将要拆掉

曾经筑起的界

光阴的流水

已将铅尘滤掉

而沉淀的则是

如金的记忆

不用刻舟求剑

也无须雕栏玉砌

朱颜远逝风中

弹指是时间的概念

影像是永恒的桑田

一个穿越时空的声音

我们可以飞过沧海

光阴颠覆了那份久远的梦幻

呼唤一个久违的名字

在心底默念千遍

思维逾越楚水之域

逐渐抵达另一处风景

请允许我穿越你的忧郁

透过你的眼神

我就是那滴潸然的泪

试图穿越

你棱角分明的忧郁

凝望一泓深潭

令人无法探寻的深度

在严峻，深邃的边缘处

那咄咄的犀利

与冷漠毫无关联

当柳暗生荫

花明盎然时

有升腾的暖意为证

借助春风的力量

在枝条萌芽的季节
那些轻启芳唇的花儿
必会将所有的心事吐露
我必将穿越你的忧郁

清明，听一场杏花雨

清明，听一场忧伤的杏花雨

洒落人间沙沙的声音

微风吹过边关的一草一木

杏花雨，洗白边关的冷月

洗练边关不老的光阴

洒在哈拉哈河

就像那年

凤荣嫂子流不尽的热泪

听雨，是清明时节最重要的事

是对故人祭奠的另一种方式

河水听到了潇潇雨声

捧出一朵朵白色的浪花

春风也听到了绵绵细雨

打湿小草的叶尖

也放缓了急行的脚步

白云听到了

细密的雨丝更绵愁

哨所旁的相思树听到了

滴滴细雨淋湿了树的叶子

默默地为天堂的斯人垂首

逃离的风

一切无法言表的情绪

都躲在雾的后面

你芬芳的羞涩

开成秋菊

寒露是你欲滴的泪

准备流向落花的溪

不用细说

你懂就足够了

哭泣不是你的本意

就像秋风

从你我相扣的指缝间

挤过并迅速逃离

告白不必极力去渲染

你已心疼那泪流的花泥
我多想轻轻掬一捧在手心
并捂紧贴在左心室的位置
相信，刻骨的就是铭心的疼
不忍看你在转身时的画面
因为你惊扰了我的安宁

不老的藤

先滤净心岸所有杂芜
去找寻一座
巫山以外的山
风将云吹乱
水云端外
轻轻，撩起雾的纱幔
一棵紫柏，那便是
我前生今世
寻找千年的伟岸
苍翠刚健
我会在你的根下
埋一粒藤的种子
一棵缠绕的藤蔓

就一定能茂盛在

你生命的边缘

而我不再关注

除你以外沿途的

任何一道风景

注定，我就是你前生的

一棵不老的藤

依然会沿着你曾经荒凉的额

葳蕤攀缘

相约春天

我说，就从今夜

此时，藏起与冬相关凛凛的寒

卷起触手可及的这一袭素白

在靠近春风的渡口

等待桃花红

等待着风信子

喊醒紫色的曼陀罗

等待你儿时折下

长满柳花的枝条

在你的指尖发芽

你会将长长的相思挂满珠帘

如流苏，垂青于夜幕的暗

依恋伊人的梦境

喜欢安安静静聆听心泉潺潺

这是与蝶儿的窃窃私语吗

当痴情的溪

热烈地吻过大山的唇

思念早已乘着星辉启程

沿着春风的指向一路狂奔

向春天出发

相约在丛林苍翠的季节

百折不回。

当曼珠沙华摇曳在风中

一棵藤必会攀援如松的你

春色若只如初现

如初的花色

匆匆就老去了容颜

我不忍，我真的不忍

再回眸多看你一眼

入骨的痛总是伤在流年

如风，在春月与冬月

爱抚你的脸颊时

那是两种不同的质感

如云，萦绕在心头

却飘在天边的牵引

如除夕的烟花，繁华落尽

终要归于平静

却是满目的凋零

在今夜，又一次痛了
一颗心的律动
当我执着地以文字的形式
将你交付于文本
又一段与你缠绵的时光笺
仿佛春色若只如初现

春 之 妍

迎春花抿抿嘴

一不小心就笑出声来

那一份缱绻柔柔的心事

着实感染了这个季节

每一根多情的神经元

当梦里的桃花溪醒来时

神韵最妩媚的

就数夭夭之桃了

一脉飞扬的水袖

遮掩不住四月的美人面

此时，盛大的春之妍

已是暗香浮动

那些隔墙而望的红杏

醉了那阕平仄里的青衫
而依然无法燃烧
你不动声色的顽固情

载不动许多愁

等你在深秋里

看你寂寞地开花

把自己开成忧郁的白

但绝不是

罂粟妖冶的样子

这就是你与罂粟花

背道而驰的许诺

你在秋的深处歌唱

怀念曾经的蒹葭

就像我夜以继日的思念

终究无法抵达

你渐行渐远的飘零

你不说，没人会懂你

不为人知的疼

秋风是一把锋利的刀子

却无法割断你的藕断丝连

你说这个季节还很漫长

那些纷乱如麻

秋风也载不动的愁

最好藏于心底

被风轻轻摇落的誓言

已经飘向离你最近的海

相　聚

一场欢宴的沸腾

暂借光阴一角

重新演绎一场

曾经远去的影像

年少时你我的轻狂不羁

逃课后的窃喜与忐忑

校园那垛高高围墙

总是圈不住少男少女心中的风景

等待下课的铃声　丁零零……

仿佛是一群被牧人圈住的野马

顷刻间逃出老师的视线

那时，校园外的诱惑

才是你我的桃花源

时光的流觞 最是蚀骨的疼痛

东风恶，也抵不住秋风残

当秋风说风凉话时

万物都将沉默

它会让每一瓣花瓣凋落

会让每一片叶子风干

而我们却是那一树的红枫

是抢在秋风前的妖娆

我们以欢宴的温暖

抵御秋风的入侵

念 远

夜，落下帷幔

捂住星星的眼睛

路，迢迢山高水远

却无法阻挡

我无边的思念

躲不掉的相思

念远方，念你

总是把那个无眠的行程

当成每一个夜的起点

想把月亮举起

照亮心底的暗

把星星摘下，穿成风铃

摇响春天的山泉

我便会在山杜鹃

开放的夜晚启程

踏凝露，撵香风

只为到达有你的江畔

核桃树下

定居在"安一路9号"
你就是一道最真的风景
那低垂的枝叶
就是伊人曳地的裙裾

步履匆匆的我
却是一个幸运的滞留者
在你婆娑起舞时
即使是一片叶子的绿
也蕴涵着诗句般的经典
而我甘愿做一枚坚实的果

每日陶醉在你的绿荫下

不问过往，不问风向

不闻流水声去

每一个日出日落

不可以用天计数

在这里的时间

是寸寸光阴寸寸金

虽然只是短暂的相聚

我已将每个有缘人的名字

刻在你纹路清晰的叶脉上

每看你一眼

泪在眼角必会潸然

当海风撩动你知性的叶片

一定是我在远方向你挥别

2014 年 6 月写于北戴河

向北，再向北

火车开动的时候

我心是不安的

车窗外，且行且退的影子

它时刻提醒，我在前行着

火车一路向北

我却在心底默念

每一个途经的驿站

不为停留，只为臆想中的一座城

突然出现在我的视线

就像看到你行于文字里

那步履蹒跚的影子

文字没有呼吸

影子也没有温度

为什么就牵动我的愁绪
牵引我不由自主的泪流
泪是我心底滚动出的疼
我无力扶住它的忧伤

咖啡定律

那一杯

不是摩卡的咖啡

被调和成午后

即将别离的光阴

咖啡的定律

伴侣加糖，温度恰好

从你燃烧后的眼神

我努力逾越忘川

此时，我决定让时光静止

将你的心率调成脉动

先不与秋风说叶子的故事

别离是已定的命题

心头膨胀的相思

早已潜伏在骨骼里
如果有风想破门而入
请先输入密码
方可盗取我深藏
不动声色的小诡计

黑的诱惑

用一根无限度长的黑丝

去诱惑，你游离的眼神

然后你的灵魂出窍

随之误入歧途

我没有刻意织网

是蜘蛛网住自己的脚

日子如蚕丝般剪不断

绕指的时光，理也乱

留不住你的已远行的背影

只把你的声音藏在季节的夹缝

不说夜有多黑

它绝对黑过你眼眸深处的潭

一切祸水都是起因于黑色

想躲也躲不掉

嫁祸于黑的，美不胜举

如果黑珍珠的颜色蜕变

怎能向世人呈现她的高贵

城　墙　面

在时光的剪影里

狼烟、猎猎旌旗

鼓角声声慢

已是史册尘封的旧景

事物不同于人

沧桑是资本，是冷静

曾经筑墙人的体温

已被时间冷却

美人泪坍塌的豁口

像一个老人空洞的灵魂

斜风总会从那个缺口入侵

城墙面，是一面古铜镜子

把长安的月色反光

我就会想到秦皇、汉武

如果再对城墙许诺一次

就会让唐皇、雨霖铃入梦

靠近你，但不会让我不寒而栗

你沧桑的容颜，总会让我

想到深宫墙内那个

风烛残年的宫女

是画在城墙面的一幅旧画

半个秋天，半个梦

余下的半个秋天

是你留给我的怅然

怎舍得任它荒芜

我要赶在河流

还未来得及沉睡

菩提树尚未开花时

认真地读你

读你的文字是好的

秋风带走你的剪影

是好的

望远天流云默默想你

是好的

斜阳照进一湖秋澜

风不动，水波不惊

是好的

梦里听到你的咳嗽

是好的

泪水割破夜的寂寞

是好的

把自己一缕缕羽化成烟

是好的

这样每吸一次

就为你燃烧一回

我认为这也是好的

秋，藏不住的美

原野丰润了

在这个季节沸腾了她的心事

玉米缨，像女人烫过的长发

褪去了最初青涩的苦恋

一袭金色的绸缎就热烈地

拥抱了她日益丰盈的身段

不需要告诉黑土地

一粒粒玉米

就是排列在棒子上的文字

是一首写给大地的真情的诗句

风，读懂了她的心事也不再纠缠

此时，成熟是藏不住的美

美人面，不仅仅只属于四月的桃花

与这个季节一起枫红

在这之前我一直保持沉默

一直以一份很矜持的状态

修饰着我尚未完整文字

常常习惯以绿色

盎然着我生命的基调

凌霄花开的时候

紫燕刚好飞来

不知不觉间

荷香就弥漫了田田

我不急，因为还有满目的绿

昨夜浅草的叶尖

还滴脆着清露

翠菊依然鲜亮着衣袂

还有湖边的蒹葭

依然郁郁苍苍

一眨眼的光景

就在此时，枝头上

那片妖娆的叶子

就被秋露韵成红色

就像，那年我做嫁娘时的盖头

一样的霜红，红遍了漫山

枫遍了沟壑，连同我

与这个季节一起枫红

问候先生

——写在鲁迅文学院

先生：在我得知消息的时候

风的指尖刚好触摸树梢

我相信，这一切都是您

在我梦里无数次的出入

我匆匆的步履

等不及秋的告白

先生：当我以飞翔的姿势抵达

斜斜的光线刚好漫过

午后的第一级台阶

您的眼神，我的眼神

在这一刻，多像一线潮

涌动的波，漫过心的海

先生：这一刻，是风将门

徐徐地推开

而我却不敢作声

只怕惊动您的安魂

必会内疚自己的冒昧

所以我将脚步落得很轻，很轻

先生的院子

风不动

树和草儿们都很安静

只有花喜鹊不停地喳喳

结满果实的银杏树

给了秋，一个完整的许诺

梧桐树、紫泡桐

懊悔着没有凤凰的栖息

风度如旧的国槐

总是不肯放下自己尊贵的身价

松的伟岸，依然挺拔耸立

说不上名的树

就如默默无闻的我

在角落里黯然

一朵月季花开

颤巍巍着仅存的残容

经不起一滴夜露的袭击

只是那夕阳里的晚亭

依然坚守着他的阵地

2014 年 10 月 写于鲁院

映山红之念

四月，你依然是我梦里的模样

而我急匆匆的步履

实在等不及将你红红的盖头掀起

幻想，千百次与你邂逅的场景

却不曾想到，你的淡定令我猜疑

请允许我轻轻将你折下一枝

插在梦里，等待陌上风

丰盈了你热闹的枝头

我定如饮罢一觞红酒般沉醉

映山红、金达莱

达子香、山杜鹃

在我喊遍你所有的昵称后

这一刻，我要将生命的 21 克

安放在那首幽怨的声声慢里
独自凭栏意远，逐小令一首
品香茗一盏，听春夜雨声渐远

丁 香 扣

在四月的深处遇见

注定是一场迷迭香的劫难

我把自己流放在你的诺言里

不记得花香在左

还是文字在右

我婀娜着莲步走过

青石板铺满的古巷

还好，那些紫色的丁香花

花香从深深的雨巷袭来

一把油纸伞高高举过我的记忆

听说见过五瓣丁香花的人

都是幸运之神的垂青

如果每一朵碎花都开成五瓣

我想刚好两朵就足够

白色的花是高傲的你

紫色的花便是忧郁的我

一簇簇花朵沸腾在春光里

你我就住在花蕊里修炼真身

枫叶红了

看你被相思灼红

一直认定你就是

这个季节最红的嫁娘

给你遮上一方

红红的盖头，就能把你

风风光光地娶进，深秋

那一次与你

在戴钦塔拉牧场擦出火苗

那里最盛名的是五角枫

在香山红叶的故乡

秋意甚浓时

没有谁能掠夺你的美色

我告诉你

有个储存光阴的好办法

可以让你过安逸的日子

也可以无所顾忌去流放

让你的叶子成为翅膀

与天空与海对话

你可以尽情招摇

时间是你自己说了算

你不必把相思交给季节

没有谁可以左右你

你在人间叫任何一个名字

都动听，所有等待和遇见的

都可以为你命名

季节知道，你已烧着自己

————写在山东石岛

歌唱的云雀

向着一座远山眺望

那个让人牵肠的地方

有你在，就有了我

日复一日思念的理由

是你，一遍遍

深情地呼唤

一朵远天的云

那个惆怅的季节

让我把天涯

望得更远，更苍凉

一只云雀飞翔于蓝天之上

一枚黑羽毛在你的眼里

就幻化成风的诗笺

读你抑或被读

最好的境界是懂得

懂得，云雀为什么习惯于

在云端歌唱

时光再现

流年的影像一幕幕

而我只存下有你的片段

等你在水一方

春风的属性张扬

它来临的时候习惯风卷云涌

先让溪水唱响山歌

大明湖就睁开她明亮的眼睛

趵突泉咕嘟……咕嘟……

四季都在调和着这个城市的情调

一只燕子的呢喃

喊醒你半生的醉梦

你说等的就是这样的一天

让桃花坞的桃花挤得水泄不通

梨花岛的梨花依然含泪

杏花村的杏花

喜欢将自己的美妍

开在墙头外

那就由着它任性地开

只要东风起时，你在春的渡口

摆放一只船，一根长长的篙

顺风顺水，光阴荏苒

我默然等你在水一方

独舞的叶子

一缕细风轻绕在纤柔的指尖
你就被秋阳染成了斑斓
一枚悄悄飘零的叶子
告别了最初的青涩
昨日的落寞早已风干
只把心事写进这褐色的叶脉
踏着腾挪的碎步走近你
依然秋水伊人，我故乡的潭
斜阳下，金波摇醒了残荷的梦
还有那份潮湿的思念仿佛可以
拧出水滴，怎能忘却的记忆
在这个深秋季节
一枚独舞的叶子
醉在这泓故乡的深潭

你不来，我不敢老去

独坐那个季节的街口
聆听着花开花落的声音
感受着夏的烂漫，秋的静美
我会将光阴一寸一寸地收割
酿成隔世苦涩的干红

回眸间的流连是前生的眷恋
转身离去的背影
三生石上的名字
菩提摇曳的树影
都是地老天荒的誓言

当青藤绕过你荒凉的额

我会是西风中飘飞的落英
抗拒痛楚的凋零
依然执着地站在这个季节的街口
你不来，我不敢老去

与叶子说

一枚叶子的成熟

总是与山风的暧昧

有着紧密的关联

使之更加丰韵，鲜亮

更用心地演绎着生命的色泽

当她穿越了季节的喧嚣

在日月的轮回中修炼

等候，远方那棵树

迫不及待的张望

等候，在那空寂的枝头

再一次捕捉了那道风景

在命运的意念里守望

那山，那溪，那雾

只为那一刻急切的抵达

月的寂寞

今夜，羞涩的星星
知趣地躲进了云缝
而你，这枚寂寞的月
却是踏着苏东坡的平仄
像一个高傲的贵妇人
轻轻地撩起一袭云纱
婀娜地从北宋的广寒宫里踱出
也许是千古的词人
对你无限度地娇宠
我不敢断言
你的做作抑或矫情
总是把那些痴男怨女
折磨得身心疲惫后
才幸灾乐祸地归隐

月之故乡

当我再一次

把西天那半边瘦瘦的括弧

凝望成中秋那块馨香的月饼

风中那缕缕缥缈的炊烟

又一次缠绵了我的乡情

高脚杯里　溢满的香槟

醉了今夜的异乡之梦

一滴秋露剔透了

游子浓浓的情愁

盈盈是唐诗宋词里的清辉

遥遥是伊人的故乡之月

中秋邀月

我把七夕藏起的弓

在今夜拉满，涂上银光

仿佛是从银河中刚刚捞出

还有我心中那枚深藏的月亮

其实，今夜我并不想写月

只怕牵出那一抹柔柔的情怅

今夜，斟满一杯桂花酿

醉了仙境的嫦娥，凡间的吴刚

相约与君对酌共邀月

静听一曲梵音浅唱

当一舫清辉溢满月下荷塘

我愿为你轻歌舞霓裳

俯听远古的回声

铺张的荞麦田花落无声

浅秋的迹象已显现

覆盖了古城的原貌

土城，城墙，隐藏的事实

幽州城隐遁在历史的尘埃里

今人寻迹而来

在一场花开后接近尾声

更接近落魄、完结

时间演绎的是那个

古老朝代的故事

辽金远去，古城无存

秦家屯，只存遗址

空城，再无计可施

被历史湮没的喧嚣

战鼓雷鸣，旌旗猎猎

刀戟剑影，狼烟远逝

湮没，不是忘却

是将昨天和往事尘封

脚下的土地是

一部厚厚的史册

记载着亘古的沧桑

时间是最公正的法官

历史留给后人是对脚下

这片厚土的考证、记录

让每一位到访者

俯听这远古的回声

2016年秋游公主岭秦家屯遗址有感

隐蔽在荷香深处的乌拉草堂

诗人的草堂 并不在"乌拉"

却名曰"乌拉草堂"

一定是为了有别于

杜甫和蒲翁的"草堂"

我相信这不是为了伪装

在草堂前，总是会让人与

大清国的词人纳兰纠缠不清

大清的先祖在"乌拉"

"乌拉"就被镌刻史册上

而乌拉草堂 在荷香弥漫的深处

已经寂寞多时

等待为其赋诗之人

等待一个曾经来过这里的神灵

把一池荷香写成：清幽、不蔓

我将这些浸润荷之清幽的文字

在日光下精心晾晒

一些与文字藕断丝连的事情

被荷风撩动的心思

以及留在草堂里的 一些蛛丝马迹

写于 2017 年 8 月 2 日

第 二 辑

倾城念·雪

《长白魂》诗配画

在整个冬季

是天堂雪浩荡的阵势

给这恢宏的长白披上银甲

让这座圣洁纯净的大山不染尘埃

你不依靠寺院庙宇扬名

也不必香火缭绕

看那不屈不挠的岳桦

历经狂风暴雨的浩劫

那些被岁月摧垮的倒树

沧桑了光阴的故事

今天，听苍松翠柏的耳鬓私语

长白，你更喜欢在白色的世间濯洗灵魂

听山泉在冬季舒缓流动的涧水

及初春的欢乐颂

你把东风的邀请一再推迟

春天像情窦初开的少女

怯弱的脚步在这大山里腾挪而行

只有冰凌花勇敢

破雪芬芳，馥郁山谷

山杜鹃便追随而至

还有修炼真身的降珠仙草

它们都是大山所宠爱的众仙子

它们汲取神樽的圣水和日月精华

与天池长相厮守

天池，是长白魂

是青埂峰举起的一方神樽

这一泓琼浆千年不枯

大荒山将守身如玉的池水

敬奉给世间万物

有整座天空明鉴

天空高远

而你却盛满了对天空的相思

你无法不情如泉涌

你将圣水流向三江，恩泽大地

——致著名长白冰雪画家赵明仁先生巨作"长白春晓"

《归程》诗配画

雪，是一种无味的乡愁

雪的故乡在雪乡

雪乡，我不敢说出你的颜色

你唯美的风韵是东北的年画

是大山深处的速写

在冬的意念里

长白的浑厚与伟岸

依恋着北纬 41°之域

是季节风的画笔

篡改了你俏丽的容颜

林海苍茫，冬雪阵阵

是谁染白你忧郁的发鬓

在一串大红灯笼的魅影里

是那个痴情女子妩媚的腰肢
摇曳着风花雪月的心事
指引远方游子，冗长的归程

　　　　　　——致著名长白冰雪
　　　　画家赵明仁先生作品"归程"

听 雪

雪的脚步悄无声息

我认为雪是踮着脚尖

走狐步，是冬天最美的妖精

那婀娜的舞姿

是白蝶的小羽翼

是一口多情的诗话

正好飘到胸口

是那夜被"小寒"冻伤的相思

是错过季节的另一个站台

是走丢的那一树，疼痛的梨花

是树丫在替我疼着

听雪的时候，一定不要出声

最好是在午夜

大地晕过去，月亮醉卧的时候
我要抿着下嘴唇
听你把秘密告诉我

雪妆小寒

一只手搭在冬至的门楣

你就开始盼着这个日子

一个节气的光景，说长不长

是相守情侣的苦短良宵

时间是他们手中攥不住的沙子

说短不短　如同相思的恋人

前生今世的牵挂　期盼

冬至刚刚转过身去

你的脚步就迫不及待了

我知道，北纬 43.5°这里

是你乘西北风来时的必经之路

是你脚窝深陷的地方

当日历撕到这一页
脚印就显出来了

小寒铆足了劲，把一个
冬天攒下的冷　都抖搂出来
树枝裹上雪绒装
夜星都冻得瑟瑟发抖
你看他们的眼神就知道
那闪烁的光芒，让人不寒而栗

倾城念·雪

白桦树在纯色的雪野
与雪的倾城之恋
只为北方的雪而守身如玉
宛若佳人，绝世而忘我
这一刻，我不是点缀
是节外生枝，是余情未了
在雪的世界里
我把泪水漂白，速冻成银
然后在雪域之外安静地开
让一树琼花染白我的三千执念

只为雪，我把
彻夜的相思揉碎

然后告诉雪这些云的梦话
那份藏于心底的
是时过境迁，是昨夜繁花
雪的冷过于深情
使我不敢大声说出
让人百转千回的疼痛
风穿透它们薄如蝉翼的翅膀
逼仄的眼神里
而雪是冻伤的倾城念

木屋听雪

枕着山风入眠

入梦的就是大山的故事

在梦里听到的也是飘雪的声音

你说，只有长白山雪

才是真正的雪

它更像白鸽子的羽毛

如寒风中的白蝴蝶

在你的眼波里翩然起舞

喜欢它被风轻轻地捧起

像棉絮填进大山的被子

那飘飘然的样子

就是你想象中我的样子

你说，只有长白雪

才是绝世无双的雪

你说，我就是一枚长白雪花

我在雪中发呆的样子

就是你想看的样子

如果我把这枚雪作为种子

我一定要选择

万径人踪灭的时候

为你播种我在木屋的梦里

等待花开

让它把四季都开成冬

开成白流苏和白罂粟

那时，我要让

让你的眼神再次迷迭

我不说什么

风就会告诉你一切

风会把我的泪带走

先作雪的种子

让大雪倾城与长白

在这里听到雪将白色说成白色

雪 图 腾

你就是那缕被冻疼的情思

让我轻轻地捂在心窝

慢慢融化成缪斯眼角的泪滴

在北回归线的边缘

你已学会偷换巫山的概念

你吻着春的眉睫

便不忍离去了

你看你，多霸气

铺铺张张地就把

整个冬日的积蓄

都在这一天里挥霍掉

你用一袭飘逸的白纱

给陌上花梳妆

听：春泉与风信子在窃窃私语

沉睡的毛毛狗也被天籁之音唤醒

你用图腾般的六角形

指明了六个不同的方向

而我却迷失在你唯美的意境里

找寻那个属于平平仄仄的朝代

谁偷走了梅花的灵气

那夜，西北风偷袭梅朵时

你便乘虚而入，你是在螳螂捕蝉

之后的黄雀，那时白梅花尚未睡醒

还在梦里良宵暗度

你柔纱一袭，轻挪莲步

幻化魅影，恍惚之间

梅花的傲气就被你盗走

梅的香在花骨里

藏得太深，还是在劫难逃

梅花偶尔也会忧伤

从不轻易将心事说给过往的风

梅花开在季节的骨缝里

暗香，沉香，红袖添香

梅骨不与媚骨同意

纵然梅花逊你三分白色

梅花的眼神依然高傲地投向云朵上方

雪花说出水知道的答案

在一片雪花放大，再放大的
过程中，去看我的故乡
你就会看到广袤肥沃的盛景
故乡，有着固执的黑
那是北方的本质
如果种子顺理成章地怀孕
也是春风的招惹
雪花，等不及绿色占用
世间的分分秒秒
它想让自己的纯粹
改变五角枫的观点
让西北风垄断世界
它就开出你满枝的心旌摇荡

它喜欢在善良的人间开花

每一片雪花，都藏着

与众不同的小心思

它偶尔孤芳自赏把自己贴上窗棂

而风情妖娆、或粉墨登场

没人可以约束它随意的出走

它常常会说出水知道的答案

北方睡着一片忧郁的雪花

大地睡着，北方寂寞如烟

所有的鸟鸣和花开

都是冬天省略的符号

固执的日子依然从

雪的骨骼里抽芽，慢慢长大

冷月是片更大的雪花

习惯在夜里落下它的孤独

北方睡着了，一片任性的雪花

想来就来，不想走就扎下根

雪花是柔软的，是我身体的细胞

母亲诞下我的一生在这里

就像这片雪花，只属于北方

我常会悄悄流泪
离别是一种彻骨的伤痛
是雪花忧郁的样子
也是我最美的模样

北方的枝条都是寂寞的
它们省略了更多的语言
仅保留雪花这一种话语权
一副心灰意懒的表情
只和过往的风还有几只麻雀示意
我知道，立春以后的时节
属于桃花，梨花，杏花，海棠花
属于彻底融化的自己
属于无声无息，逃之夭夭

莲花之梦

一朵雪莲花开在冬季

开成一座山的模样

大山就开始讲述自己的神话

漫山大雪是祥瑞缠身

是丰年储备的积蓄

是雪乡的嫁衣

装扮着雪花仙子的风姿

这似水流年的歌谣

在一场随风而逝告白后

再次演绎我们童年的梦幻

演绎一场旷世的雪之恋曲

燃烧的雪焰，牧情的山谷

铺满银毡的山坳

那些飞鹰的身影

在深冬皑皑白色的雪乡

放飞着一个个莲子之梦

第 三 辑

军装绿的眷恋

长征路上的红星兜兜

一只昏暗的油灯下

奶奶正一针一线

细心绣一件小小的

"红星兜兜"

这是出征前

她为即将出生的孩子

亲手绣制的礼物"红星兜兜"

即将做奶奶的人

把吉祥与希望都赋予在这

小小的"红星兜兜"上

红星，是闪闪的红星

是北方那颗最亮的星

红星是一家人的梦想

也是亿万中国人的梦想

更是中华民族走向胜利的梦想

一条路铺满沧桑

祖孙三代人

寻找真理和幸福的梦想

就在这里起航

奶奶带领一家三代人

从韶山，井冈山出发

一路向北，向着延安

向着宝塔山、延河的方向

北斗星是指路明星

从此，奶奶就变成

长征路上的红军奶奶

奶奶的名字"殷成福"

一位革命路上的湘妹子

家里的男人们

都已穿上军装上战场

巾帼英雄出湘江

"出征"是奶奶的命令

湘女不怕远征难

湘女，她们也像男人一样

从此，一家九人就跋涉在

迢迢的长征路上

从此，这里走出一大批

不怕牺牲，寻找勇敢的湘女

雪山，草地……

饥饿，寒冷……

血雨，腥风……

顽强，英勇……

长征途中留下她们血染的足迹

留下她们美丽的容颜

和年轻的生命

奶奶的大女、幺妹

儿子、儿媳，还有

那个即将出生的孩子

她们的性命都丢在茫茫的草地

可是，那个孩子你在哪里……

"红星肚兜"在哪里

弥留之际的奶奶

颤抖的手，指向北方的天空……

指向宝塔山、延河的方向

——读著名作家湖南余艳的《湘女长征》有感

军装绿的眷恋

——致爱人

时光的长廊继续延伸着

三十年，真的是弹指一挥间

还是忘不了那一年

你从村口走出去的背影

我的缱绻眼神

被你那一身的军装绿带走

从此，我的心也随着你一起

告别那墩古树下的老井

告别那青藤下的月光

告别我们牵手走过的乡间小路

一列列绿色的车皮

颠簸着一颗颗驿动的灵魂

车皮的颜色

和你身上的军装是一个色系

以至于在我的思维里认定

这就是生命的主题元素

一札札的红色三角戳封着你的誓言

像风，飘逸在军营与故乡的路上

你在信里最常说的就是你的战友

和你们体能训练的成绩

在军营里度过的青涩光阴

就是你们这一生最骄傲的长篇

如水的光阴，漂白的是青春的影像

沉淀的是人生的履历

而战友这份血浓于水的情感

无愧于你们每一年都不能忘却的今天

铿锵玫瑰

何艺——说你是木兰

而你的思想更超越了木兰

一路所向披靡

摘取翻译官的桂冠

巾帼不让须眉

是对你最公正的加冕

在后方，还有爱人和女儿的牵绊

家人的缕缕思念

是你心头的寸寸念

你把一个女人的娇柔深深藏起

你以弱小之身躯

担当起共和国赋予的重任

你有博爱和军人的胸襟

你如一只高翔的雄鹰

飞越大西洋

飞越撒哈拉沙漠，飞到

一个叫利比里亚国家的落后乡村

西非，那片贫瘠的国土

从此，留下你生命的印迹

你不仅仅代表了中华女性

更是中华人民共和国

维和英雄的一员

你们在没有硝烟战场

但并不代表没有危险

潜在的风险，是在

险象环生的维和之路上

埃博拉病毒与艾滋病的威胁

对硕大的毒蜘蛛的恐惧感

食品、药品

一切生活用品的稀缺

而我们的维和英雄

战胜了种种困难和考验

你们不了解当地的老百姓

谁是埃博拉、艾滋病的携带者

即便知道，你们更要伸出援手救助

这里就是你们的战场

越是有危险

我们的维和士兵越是机智勇敢

何艺——你就是军中的一朵铿锵玫瑰

致英勇的维和翻译官——何艺

哨所那颗闪亮的星

小青，见字如面

写信时我还是习惯

这样称呼你更亲切

今夜，除夕的烟花

开满城市的夜空

也开成四月的桃花的模样

而在冷风抽打中的沙漠哨所

你却以娇柔的身躯

与那一棵棵挺拔的胡杨相伴

你守夜，不是为了观看热闹的春晚

只为在除夕夜，为换夜岗的哨兵

送上一碗热乎乎的年夜饺子

我真的不知道

阿拉善的哨所到底有多远

可我知道，你每一年的探亲假

都是在火车与汽车之间

公路与铁路的交叉点

停了又停，换了又换

而那条无限长的边境线

是戍边卫士走不完的生命线

你陪伴着爱人，从呼伦贝尔

一直追随到风沙肆虐的阿拉善

只不过是一条短信所抵达的时间距离

而军嫂与军人的日子

却是那份遥远的祈盼

想念，却只能凝望着手中的一粒沙发呆

牵绊，就是一份痴痴的思念

远方，寂寥的沙漠、戈壁

你却用一腔的柔情与爱人相伴

——致一位边防军嫂"赵有青"

姐妹情缘

姐姐你一定是

我前生的恋人

你我修行三世的情缘

注定结下此生的金兰

才会让我如此的牵念

一只燕子乘着思念的风飞来

我向往已久的阿尔山

一杯佳酿，一碗奶茶，一捧甘泉

都酿满了浓浓的情感

还有姐姐眼眸中那份深深的爱怜

在我的心头泛起柔柔的暖

就在你我紧紧相拥的这一刻

那些流年往事仿佛还在昨天

久别的情，诉不尽道不完

手中的酒杯满了再满干了再干

这醉人的空气和山风

将我归程的脚步缠绵

致一位边防军嫂——宋凤霞

炫目之醉

那年，是我招惹了一场东风恶

不慎将你丢失在伤情的料峭之春

北寒带的倒春寒

让我幻变成一朵

瑟瑟的流云，化泪成冰

心痛时，伤离情

终寻不到你如枫的影

彼时，穿越十五个年轮的影像

在我生命的时光轴上

枫叶红了又红

红过再红，而抹不掉

挥不去是你

比那片霜染过的叶子更羞涩的颜容

从此，我寻遍山重水复之远
却是在你我心灵的闸口重逢
回眸，灯火依然阑珊处
一枚叶之红，以炫目之醉
悬于季节高贵的枫之上
足以胜过所有的枫之韵

致一位军嫂——鄂娜娜

又是枫叶漫山时

又是枫叶漫山时

秋色又一次醉了香山

也醉了一别经年的你、我

你看这漫山嫣红的枫叶

就像那年我们军装上

领章、帽徽的三点红

时光，总是在命运的深谷处沧桑

如果光阴可以逆流

我愿将岁月之河筑起长堤

拆开那些同窗尘封的记忆

此时，一切犹新如初

青葱的岁华

如那一年背井离乡

无怨无悔的出走

踏上开往军旅的列车

青春的色彩就是那身

永不褪色的军装绿

你再看那三点红

又多像我们年轻时

一颗颗驿动的心

那时，祖国的召唤

是在木棉花开过的老山

那时，祖国的边关

就是我们时刻准备

奔赴的战场

正是经过军营的历练和灵魂的洗礼

才有我们今天铁血男儿的气魄

最难忘的时光

就是战友们在军营相伴的朝夕

在那孤烟大漠边关的守卫

在雨雾笼罩的哨位上站岗

在打靶场"让子弹飞"过靶心

在冰雪覆盖的边境线上

巡逻时踩出的足迹

这是作为一名军人的责任和使命

看鸿雁南飞的远天

曾唤起心头那抹浓浓的乡愁

听着一阵阵军号声

犁开青涩的记忆

战友，你就是我最亲的兄弟

军营就是军人精忠报国的天地

走过三十载的漫长之旅

生命就是一场接一场的相聚和别离

看过最美的风景

唯有神圣的军营最美

放不下的思念

是远方的我和你

还有长风中那面

血红色猎猎的军旗

致石家庄陆院二十八届同学会

北 疆

北疆的风景

常住进在我的梦里

是冬的白色和军装绿

让北疆的严寒

有了最美的颜色

让北疆的山河

有了顽强的生命

北疆的疆土耐寒

自然是在祖国最北

一块富饶且辽阔的地方

一块见证奉献与坚守的地方

这里的男儿豪情壮志

在数九的严寒里

站成风雪中的界碑
你看到北疆的绿色
就看到他们伟岸的风姿
就真正读懂北疆的品质

我是广袤大地上的长风
绕一个诺言的忠贞
也绕猎猎战旗的翻卷
我还缠绕长长的河流
在群山的脚下
把一个美丽女子的梦
种植在漫长的深冬
让无尽的思念在
冻土和雪被下发芽
开出的冰凌花
在寂寞的时光里
与戍边的你相互凝望
让灵魂彼此相守依偎
从此，让我的生命
有了更灿烂的绽放

天池哨所

哨所，有你的地方
就是遥远，就是边塞
哨所，有你的地方
就有国防绿，海军蓝
你站在中国版图的边缘
你就像猎人的眼睛
你把放大的瞳孔圆睁
在长白高高的山顶
你看天池，更看远方
瞭望绵长的边境线
和这一泓幽蓝的幽蓝
你与池水做邻居
以俯视的姿势

观察天池四季变幻的风云

从冬的安静到夏的葱茏

你站在天池边

天池就是你的风景

凝思天池水举棋不定的心思

天池周边的一丝风吹草动

都被你的火眼金睛洞穿

怀念额尔古纳

金色的秋风

再次掀动沉淀的往事

边陲那片寂静的草原

在我的梦里

绿了又绿，黄了又黄

庄严的界碑

是祖国衣襟上金色的纽扣

威严的哨所

是边境线上最明亮的眼睛

今夜，额尔古纳河畔的金柳

又在我的梦里梳妆

那一锅飘香的奶茶

再一次缠绵我的情思

马头琴的长调

还悠扬在我梦的远方

那一排排婷婷的白桦

多像我和战友们挺拔的军姿

那一声声军号的嘹亮

是强国的战鼓在我的耳畔回响

绵长的边境线上，深深印下

战友们巡逻时的脚印

那是祖国边防线上最美的诗行

我们的信仰就是哨所上

那面猎猎的军旗，当我们离开

这个名叫额尔古纳的地方

我的思念，从此像河流一样流淌

我的梦，从此像风一样徜徉

《怀念额尔古纳》发表在

《解放军文艺》2015 年第 4 期。

绿色额尔古纳

额尔古纳，你不仅只属于
一条河流和一首歌
你的名字，是一朵跳动的浪花
斑斓了我静美的时光
额尔古纳，我必定要用绿色
为你描摹，你是大写意的源流
不老的光阴是草原的魂
藏着我青涩的图腾

额尔古纳，你是草原流淌的血液
你河流的左岸是雄性的
你的右岸是雌性的
就连你的草儿

也穿上了士兵的戎装

当我沐浴在你绿意中

我的生命将不再是从前的比重

《绿色额尔古纳》发表在《解放军文艺》
2015 年第 4 期。

我们拥有一个共同的生日"八一"

四十载的时光

漂淡岁月斑驳的痕迹

白驹过隙，只是弹指间的距离

就在此时，我们仿佛又一次走进军营

期待重逢的时刻

战友们望眼欲穿

相聚，让我们把"战友之歌"

再一次唱起

此时，就让光阴静止

我们给时间一次默许

此时，时针与分针

在夕阳的晚霞中相遇

就像我们第一次在军营

听到军号响起时

班长喊集合、立正

那整齐的军姿

帽线、眼线、胸线、脚线

和我们的事业线

都在同一条生命线上延伸

军装是生命色的绿

三点红，红过鲜红的血色

是军队，让我们的生命第二次诞生

那一声声军号的嘹亮

吹响我们青春蓬勃的号角

那一阵阵军旗猎猎

鼓舞着从军男儿勇往直前

绿色军营，铮铮铁骨

在我们生命的史册上

镌刻下永恒无悔的誓言

自从穿上这身神圣的军装

我们就拥有一个共同的名字"军人"

军帽上——圣洁庄严，闪烁的徽章

就是我们生命海洋的灯塔

如果军号再一次吹起

我们依然列队，只等一声令下

因为我们是军人

我们拥有一个共同的生日"八一"

江桥卫士

先有江风拂面

江水殷勤流过眼前

后有水暖鸭先知的春天

流到不老的时光里

流到长白的山脚下

江桥，横架一衣带水的鸭绿江

你是守卫江桥的卫士

守护着国之要塞

你披风雪戴雨露

你顶烈日望星辰

寒风穿透江桥

穿透你的迷彩衣衫

却穿不透你坚韧的筋骨

烈日晒黑你的肤色

更照亮你戍边官兵

那颗闪亮跳动的心

你的英姿勃发

你的军姿挺拔

守卫江桥的哨兵

你是江桥之上最美的风景

水流峰的映山红

对一个花种最初的认知

是源于一部电影里的一首歌

那是续写革命年代

那是一簇开在

劳苦民众心灵深处的花朵

而今，在这里

在水流峰之上

哨所就是你的阵营

在五月的大好光阴里

你占尽了天时地利

在这座山峰的制高点

你在冰雪残融的春风中

将一种花的色彩

努力地绚丽成鲜艳的军旗红
你以五月为命题
浸染北方的春色
料峭的寒意袭人
也阻挡不了你报春的音讯

在这里，你更是戍边卫士
一颗颗向党的红心
哨所锐眼，洞察秋毫
而你在水流峰如燃烧的火焰
渲染了哨所的神圣
依然如那首歌——
"若要盼得哟红军来……"
你就是那岭上开遍的映山红

珍惜，祖国每一寸平安的领土

我们必须要珍惜

祖国每一寸平安的领土

这块土地

曾经是生命的禁区

这块土地

曾经是英雄血染的疆场

这里，不仅有漫山开遍的

索玛花和火红的木棉

更有一处处

一触即发的地雷

麻栗坡

因为有"雷区"

这个和平年代里陌生的名词

探雷、扫雷、排雷

这样极度危险的动词

就成为现实中

驻守在麻栗坡老山的军人

义不容辞的责任

为了祖国

每一寸领土的平安与祥和

你们将脚下的土地

一寸一寸地探测

用得寸进尺来形容

没有丝毫的渲染

被你们用生命为代价

所征服的这一块块

平安、平静土地

终于可以完整地

交付给人民和祖国

那天，你用血肉之躯

义无反顾地做了一次飞蛾扑火

战友在你的壮举中得以重生
而你却永远失去了光明
在那雷场的爆炸声中
那双紧握钢枪的双手
也被这可恶的地雷夺走
弥漫的硝烟终于散尽
可是从此，母亲额角的白发
谁来为她用指尖轻轻地抚摸
父亲额头的皱纹
也定格在你二十七岁的时光
妻子如花的笑容
变成了你昨日的记忆

祖国和人民记住了
一个帅气的排雷英雄
他的名字叫——杜富国
可你依然以军人的风姿说
——不怕，祖国安宁了
我们才有温馨的家园
麻栗坡老山西坡的雷声

不仅让麻木和沉睡的灵魂警醒

而你更以行动验证了

军人的无畏与英勇

也再一次告诫我们

要珍惜今天的幸福与和平

致麻栗坡的扫雷英雄——杜富国

三角山哨所的相思树

一条哭泣的河

日夜湍流着忧伤

它在讲述着一段凄美永恒的情话

哈拉哈河，请你回答

我的爱人是否真的在你的怀中长眠

深情的阿尔山，请你告诉我

我的爱人是否永垂在你的山脚

呜咽的长风，是你将我的心撕碎

潺潺的九曲溪

是你绕瘦了我忧郁的情愁

遥遥的望夫山

是你让我望断了天涯

南飞的鸿雁

今生我已不再要你无言的答复

就让我在这三角山的哨所旁

站成一棵永远的相思树吧

远行的爱人

今生来世你都是我的牵挂

亲爱的战友，请将我的灵魂

埋在这彼岸之峰

亲爱的战友，请将我的骨灰

撒进这条永恒的爱之河

致一位伟大的军嫂——郭凤荣

妈妈，麻栗坡的木棉花又开了

妈妈，麻栗坡的木棉花又开了

那一年，我穿上军装的时候

故乡的木棉花刚刚打苞

硕大的花苞，就像

儿子肩上的行囊

装满故乡的景象

和妈妈眼神里满满的牵挂

而远方，就在儿子走向老山的脚下

从此，故乡的木棉花

夜夜都会开在儿子的梦里

可是儿子却再也走不回去了

妈妈，老山木棉花

和麻栗坡的一样好看

而麻栗坡那血红的木棉花

是儿子和那些

牺牲的战友们燃烧的血液

血染的风采，曾遍洒老山

而今，儿子的家就安在麻栗坡

自豪吧，亲爱的妈妈

边关的残月难圆

可儿子是为把万家灯火点亮

一别二十年，相见难

是您蹒跚的脚步走得太慢

是麻栗坡在您的心里太远

是怕儿子看到，是怕儿子看到

您头上的青丝，看到你头上的青丝，

已成白发三千

妈妈，亲爱的妈妈

此时，没有硝烟的麻栗坡

您看那一簇簇血染的木棉开得正艳

第 四 辑
自然万象

松花湖，我故乡的瓦尔登湖

松花湖，我故乡的瓦尔登湖
在你柔波粼粼的涟漪里
我定是庄子所说的
那一条快乐的鱼
遨游在你律动的松水浪花之间
松花湖，你就是雪花啤的娘亲
一樽沉醉千年的酒觞
将江城之岸的稻黍烘焙成酿
醉了四月的山花
醉了夏夜墙内的红杏
更醉了十月火红的枫

追溯三江的源头，我要将

一只小白龙的相思泪

蓄满你手中的杯盏

千年不尽之情缘

我将用三生的光阴

去解读你深奥的经卷

松花湖，你就是从长白山

飘下的灵光，溶水成湖

飘来渔歌悠扬，撒落渔帆悠悠

挽起一湖流动的风景

将我故乡的风土人情载满

赖在故乡的月色里

是九月金黄色的玉米

又一次招惹我故乡的那轮明月

并滤出月饼的味道

寻找记忆中的村庄

从那口老井里打捞出

被浸湿的思念，然后挂在夜空

与星星为伴

风擦干她思乡的泪滴

故乡的月色像一泓清浅的山泉

赖在故乡的月色里

就像赖在爱人宽厚的臂弯

在夜的静谧里喃喃呓语

故乡的月色

就像一盏盏，醇醇的醪香
赖在故乡的月色里
就着一颗颗文字的平仄下酒
从此收起那远行的步履

净月·钟楼

太平钟楼

我只有借助你的高度

拾级而上

就会更靠近月的心扉

这儿风是清浅的

水是安静的

我是不由自主的若水芊芊

净月潭

你是春城的一盏名贵的金樽

站在钟楼之上

我轻轻地举起这樽酩醴

我与钟楼的影子

就已倒映在你的酒樽里

晨钟与鸟鸣一起律动天籁的音阶

落霞沉寂在你静谧的山林

今夜在你的潭影里

我羽化成一首诗

枫醉的净月

当西风轻绕在纤柔的指尖

你就被秋阳渲染成斑斓

而那些悄悄成熟的叶子

风干一些昨日的落寞

丰韵你此时的腰身

红袖盈满暗香，踱着腾挪的莲步

踏进这个季节的门楣

此时你依然秋水伊人

一潭沉醉在斜阳下的情愫

金波摇醒冬荷的碎梦

还有那份潮湿的思念

仿佛可以拧出水滴

我的笔触无法描摹的韵致

在你的锦绣里，一簇簇绯红的枫

与这潭深不可测同醉

你让大地又升高一寸

你是蜡梅的前生姐妹

蜡梅迎着初雪出征

冬阳总会让它泪眼盈盈

你们就像彼岸花

一朵开在暗夜

一朵开在白昼

永世不得相见

痛饮相思之苦

你嫁与春风时

不畏惧瑟瑟寒意的调戏

你有蜡梅的风骨

不矫揉造作

不媚俗妖娆

这是我深爱你的缘由

你以纤弱的骨骼
把天空举得再高一些
让大地升高一寸
我需深深弯下腰去
才可以触及你淡淡的暗香
你以卑微的承诺
将自己放在生命的最低处
但这并不影响你
骨子深处的高雅和尊贵
你的秉性近似于兰的品质
你口含珍珠，气若幽兰
我把一切真实看清
看清你挣脱春的束缚
看清你打败早春的蛮芜
你收买下这个四月的日月精华

冰 之 凌

等不及灰鸽子的哨音

更等不及蝴蝶和蜜蜂

曾经许下的花言巧语

你就揭开那袭

遮盖得严严实实的面纱

将你倾城的容颜昭示人间

让雪柳失色

让雾凇落魄

让我噤若寒蝉

我没有妒忌的理由

你就是早春的新娘

嫁与不嫁，由你自作主张

你把心事藏得再深

春风也能读懂

你是北方探春的精灵
你把自己抵押给春寒
做一次破冰沉舟之举
刚刚穿越一场
浩荡的红尘恋
幽兰处，喝下这盏东风
你就酩酊在脚下
这尚未苏醒的大地
你掬起一捧冰凌酒
敬山神，敬土地
你轻启芳唇
一遍遍说出爱
将满腹的情话说给诸神
那金子般的笑靥
是你送给春天的厚礼

金色指甲

春光是穿墙凿壁的高手

轻而易举地凿开人间

一切的密不透风

在雪花即将谢幕之日

在冷月藏身之夜

穿越时空之宫墙，盗取

武媚娘的千年宝物

这些金色指甲就遗落他乡

遗落在某个

冬天只开雪花的地域

东风不慎泄密时

你刚好在酣睡的梦里醒来

轻轻揭开冬的棉絮
揭开春料峭的痛
揉揉惺忪的睡眼
你喜暖意融融
如果阳光真正普照
你敬奉的冰凌
又会让你满眼盈泪
你藏在残融的雪棉里
根须扎在冻土之下
却是向生而长

你扭动腰肢，做瑜伽
伸出纤纤柔指
轻捻兰花扣
将一只酥软的巧手
伸出红袖之外
一枚枚闪光的金指甲
翘翘地就已昭示在
白色画布之上
不动声色地撷取
春的第一抹天香之媚

林下神草

是缪斯之神手

打开春天的潘多拉

你仙体附身，潜入凡间

在白山黑水之圣地

你以一株林下神草的名义

带着上帝的箴言

让人间四月说出暧昧

说出万物的情真意切

疑似三生石畔的神明指引

在我的领地显现真身

让我把白色说成白色

而淡淡的鹅黄

是你蜜蜡一样的肤质

如果，你肯把我的泪水

漂成玉脂或速冻

我甘修炼凡身

今生只做冰凌仙子

安静地含苞，安静地开

只为你，我愿把

彻夜的相思流放

给冰冷的土地

让深情更深

让天空更空

我必须矮下身

臣服于你

我还要大声说出

让人百转千回的词句

我甘愿在你的灵鲜处失身

山野的风

夕阳晕红了西天的面颊

羞涩了伊人的媚影

晚风氤氲着你飘逸的发梢

让这一刻的回眸定格成永恒

如是说　人生炫彩的光阴

仅仅属于青春韶华

而此时　你已然将自己站成

画面中最靓丽的一道风景

绿蛙尽兴地唱着夜的情歌

继续将画家们的墨彩渲染

一杯杯山泉般的佳酿尽饮

醉了弄墨的青衫　醉了夜的朦胧

也醉了天际的那一抹嫣红

一笔笔挥毫尽情

浸润了一幅幅撩人眼球的丹青

山野幽静　幻化出是儿时的场景

涧水溪歌　曼妙着林间小径

夜露清芬　潮湿了相思的情愁

鸟儿无言　你只可与风儿细语轻声

那就悄悄撷一缕山野的风入眠

今夜　梦回陶渊明的前朝仙境

2014 年 6 月 17 日

上　庄

安宁的上庄

欲静的树，祥云萦绕

在枝叶的掩映中

上庄，你就是

伊人半遮半露的美人面

在梦的福祉里

我踩着叶赫那拉氏的脚印

山一程，水一程向你靠近

但我绝不是溃败地潜逃

更不是懦弱地撤退

你说这一定就是三生之缘

上庄，站在你的对面

你我恍若隔世相望

上庄，每一次徜徉在你的仙境里
流连在你的小径间
如云升腾的花丛中
我已然沉醉于爱人的臂弯
上庄，是你
从此让我相信神明的指引

仙马泉之恋

漂泊在异乡的脚步

总会怀念故乡纷飞的雪

以及故乡那一泓清澈的甘露

仙马泉如瑶池的圣水

与"金士百"结缘

一盏盏清冽的玉液

就氤氲了瘾君子挑剔的舌尖

如果大麦是啤酒之魂

你一定就是酒魂的源之泉

无论走出故乡的脚步

多久、多远、多疲惫

只需倾尽"金士百"一盏

就如饮罢我故乡的仙马泉

扎兰芬围的印象

先翻开大清日历的扉页

从康熙那踏马围猎的帝王说起

五千人马奔向的大寒葱岭

以及，寿山之石的传旨

山之灵性，近山而志高

水之悠韵，临水而聪慧

是山水赋予"扎兰芬围"

生命之延续

一舫大清的月色已远

萨满 ，你沉淀着

民族之厚重的风情

叶赫那拉氏的高底绣花鞋

曾经踱着，婀娜的莲步寸寸慢

而纳兰容若诗文的韵脚

早已深深地印下先祖留给他

无法删除的痕迹

写于 2013 年 8 月

露水河长白山国际狩猎场印象

冬阳融开冰冻的山风

我的步履犁开

你雪后的寂静

如果说苍翠的樟子松

傲视群雄的红松王

亭亭玉立的白桦林

及纷繁的灌木和花草

都是你的子孙

那我甘愿做你的爱人

臣服于你如泉，如溪

终日与你相伴

不为索取，只为守望

初冬刚与你谋面

你就将一身银装紧裹

你不虚张声势，默守箴言

这就是你千里长白的本色

你让纷杳而至的狩猎者

猎取你馈赠给人类的珍品

有露水河为证

露林的长风拂过碧泉河

猎牧的枪声远逝山谷

留在长白的月色里

轻轻摇醒一盏沉淀的心事

和那一袭安然的月色

在最后的一场晚宴后

长白月又一次爬进

被山峰高高举过云端的酒樽

浣洗她昨夜的倦意

夜幕将山溪调到静音

注定了长白的月色

是一池诱人的光泽

是暖暖流动的歌谣

一弯山水，一程情话

流连在你的风韵里忘却归路

注定了这是一次美丽的邂逅

一泓碧浪，漫过经年的阵痛

在这里布下爱的魔咒

荡着一汪融融的清辉

默诵禅语经文，羽化成仙

悄悄地，我便从安徒生的童话里

游进这一处深深的静谧

让这蓝宝石一样的蓝

浣洗我的妩媚，在这一泓

清灵灵的水域里，聆听大山

在月下说给天空的情话

在长白，雪是有颜色的

冬日的长白

幽静的露水河畔

雪，不仅仅只是

单调的白色

它染尽光阴的荏苒

积淀了更多生命的元素

让长白风见证雪的颜色

晨光下，浅浅的蓝

斜阳下，水晶紫的暖

朗月下，浅白色的银

这些，都是生命中

不可或缺的色调

长白雪，更有大山里

男人耿直厚重的秉性
女人淳朴贤淑的气韵
这些都是大自然的恩泽
赋予每一物种的神秘
这给长白雪增添了
一份鲜活和浪漫
让露水河畔的数九
不再只有沉寂与孤独

长白在高山之巅

我要大声地向世界宣布
让所有热爱生活的人们都知晓
长白就是我家乡一枚名片
要告诉所有的画家拿起画笔
这里的景色，你一定能挥毫出
最曼妙，绝版靓丽的丹青

我要告诉所有的作家，诗人
这里的景色，一定会在你的妙笔下
孕蕾生花，我要告诉那些歌者
来聆听涧水的欢歌
它滴滴答答的音符

你一定能唱出欢乐的音韵

长白，不必说我的渺小，卑微

仰视你的伟岸，就是我的初衷

一条河流的倾诉

在北方，所有的河流

在落雪的冬季

都哑然失声

冬眠才是最好的选择

唯独在千里长白

这大山深处的每一条河流

它们四季都是醒着的

这是源于天池圣水的护佑

走进这方清净的山水

如郁郁黄花我心安宁

体验长白冬漂的惬意

体验长白冬韵的风情

淙淙流淌的碧泉河

穿过这幅素白的画布
泼墨成卷，山水灵动
静水深流处，逶迤荡漾
时而淙淙，时而缓缓
碧泉河如大山的情人
在寂静的冬日里窃窃私语
倾诉它所有的心事

灵光塔前的断想

你用历史的显微镜

将千年的时光谱放大

你用历史的脚步

丈量所有老去的岁月

是你用灵光护佑

这方渤海国的万物生灵

历史的对错无须论证

荒芜的段落已搁浅在彼岸

是山野的长风

沧桑了你的容颜

冗长的往事沉重

已倾斜了你曾经挺拔的身躯

请允许我用第三只眼看你

穿越光阴的长廊

拨开红尘的雾霾

让塔的灵光倾诉

你远去的风景

让塔尖的风铃

再次摇响你远逝的梵音

长白岳桦

选择一个适合于
自己生存的高度
气候的条件可以忽略不计
不像一些弱不禁风的植物
经不起一点点的动荡
岳桦，你就像那些曾经征战在
这座山林的抗联英雄
你有山的风骨和气魄
这些就是精气神
是倔强、坚韧、顽强
丰沛了你生命的内涵

绛珠仙草

前生游离于"离恨天"
流连在灵河岸三生石畔
一段还不清的情债
只因贪食太多的
"蜜情果""灌愁水"
一块灵性的顽石
为你日日晨露润泽
你许下的诺言，不必说
自是流不尽的伤心泪
预定来生来世兑现

寻过山高水远
风过云端的蓝

在长白山的青埂峰下
幻化成一株
人模人样的仙草
虔诚守望在千里山川
绛珠　就是这
永世不离长白山的
人参仙草的前身
如果有人痴情不改
就请到长白山吧
放下所有的痛楚，离愁
将你的泪还于这株仙草

高山天使

就在我的视线上升到云的高度
才霍然发现，你原来竟躲藏在
这份安静里悄然地梳妆
淡淡的鹅黄，素雅的粉
仅这两种很寻常的色彩
就装点了，这静穆长白之巅

你拒绝了一切缤纷的色调
是这泓天香和祥云的禅意
肃清了你体内所有的毒
将你的倔强与美善呈现
让婉约的山风不再寂寞
让朵朵流云为你牵魂

我不敢大声喊出你的名字

只怕惊扰你的安宁

我轻轻地挪着莲步

我必须要以朝圣者的虔诚

就这样，靠近你，再靠近你些

在这里，你是圣洁的天使

在这里，高山罂粟已与邪恶绝缘

帘瀑如泪

在冗长的光阴里守望

万年不老的青苔

早已修炼成精

躲进珠帘后

貌似威严听政

温婉柔润，墨如碧玉

珠帘如泪，飞溅长恨眠石

有溪与你缱绻入梦长相厮守

如泣如歌、如絮语

如伊人痴情的泪长流

从前世到今朝

浣洗这三生的红尘

清涧溪声

这一刻，一定要藏起

我所有的小个性

我便是那缕轻柔的细风

用我三千青丝织云成锦

便是那一片绕岚的云朵

我要掬滴滴逝水

润泽这些清灵的文字

清晰的涧水，鸣佩着

我永恒无悔的誓言

天书展册，珍珠帘瀑

孔雀开屏、望天鹅

是大自然赋予长白最完美的诗颂

金水之鹤

一只孤傲的鹤

临金水之岸，栖松林而居

一条白练河穿过小城

可为洗净光阴而来

一方圣水润泽你的风姿

染亮你金色的羽毛

关于你的命名

在这原始的林子，质朴的人

为你刻下一百个姓氏

任你挑选"金"字为你冠名

是你珍贵的名称

你时而喜极喧嚣

喧嚣可以让你黄金满地

你时而喜欢沉寂

沉寂让你休憩凝神

金水之鹤，羽翼丰盈

神山圣水，是你的故乡

众神栖居的二道白河

是你高高捧起的明珠

在沸腾的麦花里徜徉

只有将自己的灵魂

选择一最佳时间段

浸润在这一泓

沸腾的麦花里徜徉

方能超越自我思想的高度

咀嚼着麦芽糖的芬芳

将自己蹩脚的文字

以酒的方式勾兑

需蒸馏、过滤、陈酿的过程

在醉意氤氲的时刻

抖落出自己矫情的小性子

抑或喜极而泣

抑或悲而无语

然后用你 8° 的成分做试液

将自己的若干成分显现

必会暴露出千面的真我

酒韵诗香醉榆钱

想象着一杯醪酒的味道

榆树钱儿你溢满了我梦里的酒觞

只为你而去赴一场忘情的约会

然后 我会以诗歌的名义悄悄地靠近你

当莺燕将春的枝条吻成喙的鹅黄

勤快的风信子喊醒一树多情的榆花

此时我要勇敢地穿越时空的隧道

请允许我舀，一觞大清的月光作曲

榆花我要以松江做你的酒窖

为你酿造一江的香醅

从此一湾溢满榆树钱儿芬芳的水域

醉了参花，醉了稻菽
也醉了拔节的青高粱
榆树钱儿，只需一杯
你就缠绵了这个季节的脚步

月下香泉

月下，我已将一地相思

流放给翻滚的麦浪

今夜春风骤起

不给人丝毫的遐想

李白，那个远古的诗人

我相信一定是你

左手携一缕唐风

右手擎一樽酒觞

乘着一袭朦胧的月色

一阵清风，款款而至

我已将这一泓仙泉煮沸

取幼名这樽

娇柔的"麦花酿"
如是说，易安君樱唇轻抿
皓齿留芳，微醺的醉
而开怀豪饮的
则是你诗圣酒狂

一方古筝鸣佳音
请允许我
只为你纤指轻动
弹一曲羽衣加霓裳
三日余耳轻绕梁
今夜，我将这泓
香泉的月色，轻轻掬起
尘封在孤独的酒觞
酿成琥珀液
为你斟满琉璃杯
我会将一段段遗落的时光谱
用文字组合成诗
为你下酒，等你来
月上柳梢，倚小轩窗

与一只杯子的距离

当我郑重地将爱的漂流瓶启开

你如久违的红尘雨

霎时沸腾了一盏

整整矜持了千载的酒觞

也湮没了我与一只杯子的距离

而你却用一段不朽的神话

就动摇了一泓泉所缄默的信条

从此，仙泉不再沉默

就在你与麦花成亲的那一天

一声唢呐的号子

惊动了四邻八方

惊醒熟睡中的千里麦浪

匆匆赶来贺喜的天涯客

都纷纷醉倒在仙马泉边

一顷相思的金麦

是谁将你的一抹柔情

深藏在季节躁动的心底

让你彻夜的相思

沿着春天的秧苗疯长

走过初夏的妖娆

漫野，绿色茵茵

是你诗意的特写

是谁在细风中

将你成熟的发梢招惹

那一顷顷金色的麦浪

涌动着你多情的回眸

与秋阳痴痴相望

季节轻舞的红袖

怎能不填满你麦香的味道

思念无边，锦书难寄

一滴滴相思泪

吻过伊人的芳唇

奔向久别的仙泉

将一段神话续写

那个急待迎娶你的情郎

固守着，一泓相思泉的潺潺

将十万吨麦芽的芳菲

深藏在爱的漂流瓶尘封

纤纤玉指的醉美人，轻举金樽

用苦苦的相思

与沸腾的麦花

吻出一个肌肤相亲的来生

相思的冬麦

枕着秋风入眠

安然，无恙

云飘多高，多远

都不再是麦子担心的事情

土地还尚且温暖着

这就足够一颗种子走运

麦子又一次回到母亲的怀里

准备孕育一次神圣的使命

此时，最好有一场大雪

在深秋季过后落下

这不是童话

这是冬麦的祈求

接踵而至的程序

即将交给冷冬

都说瑞雪兆丰年

也好将冬麦的一抹柔情

深藏在季节躁动的心底

让冬麦彻夜的相思

躲在雪被下

拽过漫长的寒冷

然后，沿着春天的秧苗疯长

在初夏的妖娆中

漫野的茵茵绿色

是冬麦诗意的特写

在细风的轻抚中

将麦子成熟的发梢梳理

那一顷顷金色的麦

涌动着深情的回眸

与丰收痴痴相望

季节轻舞的红袖

怎能不添满麦香的味道

第　五　辑

以文字占卜远方

大明湖，你是泉城眨动的眼睛

你睁着明亮的大眼睛

总是看天空的脸色

天气尚好的时候

这座城郭的身段在你眼里

更要增添几分妖娆

湖岸柳是你长长的睫毛

你比贝加尔湖温暖

你比瓦尔登湖妩媚

你比喀纳斯湖多情

你比青海湖婉约

暖风拂过的涟漪

是你给我暗送的秋波

我要找回丢失很久的处女情

交付与你，证明我的坦诚

我要以一条鱼的姿势

游弋在你的柔波里

忘情地做一次次深呼吸

如果我一个人在湖畔

一定要走猫步

诱惑你顾盼的眼神

让你魂不守舍，心神不宁

角落里，那一处留白

是你给我的安身之处

我会站成你生命里最靓的风景

齐鲁，我必须以真情为你遣词造句

年少时

只知道是爷爷的爷爷

从济南府出发

山一程，水一程

一路风餐露宿北下

闯到关东的那一代人

说不清是在公元多少年的时日

从此我知道

齐鲁就是我的祖上居住之所

在齐鲁遇到的每一个人

都是我的至亲

只因我懂，在我的血统里

有着近似他（她）们

率直、厚道的血液在奔流

我不敢说出更多的赞美词

怕隔壁的邻居大妈听到会妒忌

但谁都不可能阻止

我挥别的泪，沸腾的情

我必须以最真的热爱

为你遣词造句

说出齐鲁，我所有的感动

在齐都，我就是那枚醉枣

喜欢在齐都的小巷

晃悠，发呆

随处可见，便是那一颗颗

含情的枣儿，红晕的脸颊

风韵着齐都女子的纯柔

甜滋滋，脆生生

馥郁着浓浓的暗香

总会令人咀嚼出爱情的味道

这就是齐都的特写

此时，喜欢把自己幻化成

一颗浸润在佳酿里的醉枣

紧紧地攥一颗在手

让我的体温传递给枣核

心里便会生出奇想

不必说，在锦瑟之光的普照中

那一棵棵的枣树

摇着春梦的齐林之木

等待着枣花与蜜蜂恋爱的季节

一定是香透了齐都的巷尾与枝头

周村之约

其实，早在上古

我就已与你结缘

为了一次恒久之约

只身修炼千年

今朝才敢出洞

顾盼左右，小心翼翼

逃开姜尚的法眼

预约在一个

晴好的无税之日

幽会，必定选于周村旱码头

说好今生不见不散

这次行动策划诡秘

主谋代号——才子诗人

尾随者必须以诗的暗语会话

此时，已然步入江南幽深的雨巷

而我却不敢在这一幅幅

写真的画面里，擅自穿行

以及涉足那一湾

与桃花有染的溪

更不敢说出那句

深藏已久的谶语

在这古韵悠悠的意境中

只想为那个梦里的青衫

把冗长的相思

滞留于此岸

当两只忘情的小狐

端坐于蒲老先生的茅舍前

以一部盛世名著和品牌

铸成一尊雕像，等你来

在这午后清逸的时光里偶遇

2013 年 11 月

玄鸟之柔

姜尚，我心中最高贵的神

今夜我准备躲进

你的灵魂里打坐

默诵梵音，修炼凡心

诚然，我虽不是那虔诚的信徒

和善，知恩

定是我做人的宗旨

请求你千万别施法术，魔咒

我不是妖言魅惑的妲己

也不是妩媚的九尾狐

想必我就是那条

愿者上钩的鱼儿

说不上这是几世的轮回

只为寻你，在蹚过忘川河的瞬间
我放下所有的矜持与尊贵
只保留下若水之柔，纤纤情愫
渡不过红尘，渡不过沧海
一只玄鸟，飞出王谢堂前的家燕
努力飞过时间与空间的高度
终于在黑暗之前抵达黎明

趵突泉解说

以一种象形的图解

我一定是那只

你前生圈养的宠物

一只多愁善感

修炼成精的小豹子

自爱上你的那一刻

便从你的生命里走失

相思成瘾，瘦了黄花

荒了心径，凉了秋风

我相思的泪从此突涌成泉

我洗面的泪水

淹没这座美丽城郭

永远的恒温在摄氏 18°

就是泪离开我身体后的凉

正是我体温的一半的温度

另一半也是你的泪水的温度

我的流向 淌过被你吻过的河床

沿着你离去时的方位

只为寻你，我将一去不归

在潭溪之山

绕过喧嚣市井之远

躲过红尘铅华之乱

携细风一缕

潜入潭溪之山

听泉，惶惶不可终日

只怕游人之扰

殷勤的流水

是溪说给大山的情话

此时无莲，我便借以莲的风姿

轻挪莲的碎步

适可高山仰止

不必惊动山上每一棵怀春的枫

更不必惊扰

垂青于小石潭的相思柳

潭有潭的姿色

躲不掉星星的贼眼

溪有溪的情愁

躲不掉慕名的到访者

无休止的缠绵

而只有大山不动声色

红莲湖的藕

这一刻，在红莲湖

睡莲还在安睡

荷也不再弥漫着田田

再也无法风情整个冬月

没有莲香浓绿的湖水

涟漪也是安静的

我愿做一只红莲湖的藕

在蒹葭苍苍的逆风塘

伸展着白玉般的手臂

用西施美人浣纱的方式

招惹游人的目光和流连的脚步

顷顷莲花已香消玉殒

蜻蜓飞去不回时

红莲湖，我依然是

若水之下的藕，藕断丝连

汾阳，让你爱上这人间烟火

汾阳，正午的阳光很足
总会让人矮下半寸
时间会在这一时刻
滞留在你的垂涎的舌尖
让所有的男人女人放下小矜持
这不是汾阳不懂礼数
汾阳，不仅有酒香
漫过的杏花村
更有名吃"古街"
在这里你别想走出
男人绅士的步伐
和女人小资的媚态
各种美食的味道

冲击着你味觉的每一根神经

姐妹们逐个摘掉面纱

急不可待的眼神落在一处处灶台间

扫荡着掉进自己眼里的食物

碗托、面鱼儿

拨烂子、老豆腐、山西凉皮

还有山西油泼辣子的味道

才是三晋真正的味道

这些饱食文字的妖精们

爱上这让人一步三回头的古街

汾阳，更让你爱上这人间烟火

王家大院

我惊呼一声"大槐树"

这是我梦里太熟悉的画面了

这就是在我儿时

常听爷爷说起

祖先种下的那棵"大槐树"

壮挺的树干，茂盛的华盖

虽是在画布之上

我依旧感觉到这棵千年的古槐

栖息着我先祖的魂灵

我是王氏的后裔

认祖归宗不该属我女流之辈

但祖宗在上，我必将叩拜

我要叩头三遍

第一拜,替没有走出过

家乡百里以外的爷爷叩头

请祖宗宽恕爷爷的无奈

第二拜,是我替

走过千山万水的父亲叩头

那时,父亲去参加抗美援朝的战争

请宽恕父亲的无奈

而今我替自己叩拜

谢祖宗给我生命和血脉

墙头上的野草

在春风起时绿过

院子里的老槐

在秋风起时死去又活来

别人走进院子是看风景

而我却是

这座大院的一颗尘埃

晋祠·塔影

走近生生舍利塔前时

正是下午四点

斜阳照在塔身如佛光缕缕

二姐说寺院的后面有湖

可以看到水中塔影

果然，午后的湖水还在瞌睡

莲，在塔影里乘凉、诵经

有鱼儿不守戒规

搅动涟漪，如我凡心不净

我选一最佳处坐下

二姐说需靠近塔影才好

但我需要躲避塔影

其实，我并不喜欢塔

它总会让我想到

雷峰塔、想起老法海

因为我的属相是一条美女蛇

太山·禅月

是谁将一轮禅月

指向天宫

让夜的寂静在暗里发芽

风，是山缠绵的情思

是佛门外的烦恼

剪不断，理还乱

这里没有弱水

无须等人泅渡

只有山溪如梵歌

绕过寺院的每一处角落

洗练纤尘世界的烟云缕缕

洗尽月色铅华

请原谅我

不是一个虔诚的圣徒

无法超度自我的灵魂

修炼只在今夕

禅月普照万物

有关你我

宣 之 荷

一滴墨"图腾"

便是，宣摊开自己的心事

花开时不蔓不枝

在宣之上，清幽独处

一朵圣洁的本色

花开无声，花语清雅

如一个超脱凡尘的女子

不染铅尘

藕则是尘世的孽根之源

那藕丝缠绵

是剪不断理还乱的离愁

也许这就是事物的轮回

一滴清露不动声色

是荷的泪，相思成冢

滑落时，一定会

砸疼昨夜荷的心事

一瓣酒醉的红杏

杏花村的牧童

已经蹚着时间的长河远去

杏花村的杏花

也已被四月的一场东风落尽

一片飘落在酒缸的花瓣幸存

从此杏花的芬芳

就是你绵醇的酒曲　酒的成分

取其汤汤的汾河水

从此，你就是三晋大地

醉人的媒婆　一滴滴七十二度的醪香

一滴滴竹叶的清芬

一滴滴玫瑰汾的绵柔

一樽樽千年的酒觞

漫过伊人的芳唇

你便把自己醉成

那一抹招摇过市的红杏

雨中平遥

被雨滴打湿的青瓦

打开时间的锈锁

忘却了前朝今昔的概念

潇潇的细雨

淋湿游人的脚步

墙缝里透着幽幽的古韵

展开西周文化的史册

千年的石板路

铺沿着晋商的辛酸

平遥，这个曾经

大红灯笼高高挂

穿越时间与空间之距

我们走在繁华的巷子

是古今风景的对称

日升昌，祥宇昌招牌还在

店面里却物是人非

时间的脚步从未停止

沧桑的古城，承载

一代代晋商的智慧与博爱

太山书院

一脚踏进太山

我便闻到书墨的馨香

暗，将太山裹进夜的深处

曲径是雨后的幽思

湿润而绵长

小路是寂寞的帛

被树影揉碎的月色

是帛上的碎银

幽静里，有夜风

用指尖抚摸时间的声音

有溪流穿透夜的静

这是山在轻轻地呼吸

我感受到一种生命的力量

在石缝里伸展
是书香与墨香的
弥漫与浸润
让一座灵秀的神山
平添了文学的气韵
这让我确信古人的话
"山不在高"
一座山，自然就会有
令人仰视高度

荷

生长在这方寺院

你就已经是半仙之体

就更加增添了你

超度红尘的意念

梵音赋予你的禅意

让一枝荷不再与

淤泥有任何纠葛

晨钟惊醒你的莲梦

从此，你便是清心寡欲

暮鼓声声

高墙也挡不住

晚课的真经传出

在这红尘之外的太山

你，终将莲身皈依

淇水，这条游出《诗经》的鱼

一脉流过诗经的水域

从千年的文字里

打捞出那册尘封的宝典

你浸润日月之精华

在桑间，在上宫

淇水，你跌宕的吟唱

谱一曲穿越亘古的歌谣

你是黄河的姐妹

却与黄河有着不同的风韵

你是上宫的情人

一腔深情，痴心不改

汤汤之水，滋润

这一方桑间圣土

你更是一尾鱼

游出千年厚重的《诗经》

淇水，你的品质
纯洁、朴素
你不善于巧舌如簧
时间打磨了你的个性
却改变不了你水的属性
润泽良田万垧
是你对大地的恩惠
你先爱上人间
爱上这炊烟袅袅的日子
才有了上宫
这块土地的富庶丰盛
百姓衣食的充裕
在春麦泛绿的季节
油菜花开遍淇水之岸
清香弥漫着这万顷原野
荠菜盈盈，野苇丛丛
在一场东风不误的花事中
又是你，让一个
大写的"情"字横穿时空

淇水，我是你沧浪之一滴

淇水，绕过太行的岩壁

人们给这里命名"鹤壁"

花开花落，光阴亘古

只说这汤汤淇水之岸的风景

都这样说：沧浪之水不老

我翻旧光阴的线装书

挖掘远古的文字

从三千年的《诗经》宝典中查找

方知淇河，你是沧浪之水

在恋恋红尘中

我与你不期而遇

淇水，我的属性自然也是水

是你沧浪之水中的一滴

深陷你的情波不能自拔

而那些沧桑的故事

都是你淇河中的一朵

被时光溅起的浪花

时间也会将我这滴在淇之水

澎湃成一朵绚烂之美

在 沫 邑

在沫邑，我不做

很多人之中的那些人

但，我还是那些为数不多

知道沫邑中的一个

沫邑是淇水之畔的朝歌

如果让我去沫邑

我甘愿做那个朝代里

一个会跳舞的女子

据说在沫邑

会跳舞的女子

才配称得上才女

这样我就不用

花费更多的心思

读诗，写诗
不会一个人在文字里发呆

很多人都听说过朝歌
却很少有人知道沬邑
其实沬邑就是朝歌
如果我可以去朝歌
每日，我只练习舞蹈的动作
但我绝不是商纣王身边
妖言媚惑的苏妲己
我是善良的孟弋
只为我的爱人起舞
那时，还没有霓裳羽衣
那时，善良的孟弋
是伴着诗经的韵律轻舞
那时的朝歌，歌舞升平
三千若水，波澜壮阔
皇上和大臣们的眼神湮没在
歌女们的舞姿里
而朝歌里却无人问津
赤地中百姓的悲苦

蘸着海水为你写诗

此时，我借一朵流云

做成一叶舟

从你的心海起航

向着那片更辽阔的远

将所有的心事放逐

你说，去品海吧

海是诗的源泉

诗是海的波澜

海的韵味，在于风卷云涌

潮汐的起伏如诗人的灵感

仅仅只有三秒钟的瞬间

在这柔软的沙滩上

我就在这三秒钟的瞬间里

蘸着海水为你写诗

每一滴海水

就是诗中的一颗文字

不只写出海盐的味道

还有近似于泪水的感觉

更写下我心底的那抹柔软

鹤舞之壁

一座邻水的岩壁

是一面天宫遗落的镜子

普照一整条

淇水的流年运势

普照殷商

一个朝代不老的神话

更普照前朝今世

人间的你我

不说天地神秘的造化

只说一只仙鹤的飞临

就改变一座城池的命运

一只飞落在此

梳理羽毛的仙鹤

照见自己美丽的影子

顾盼生辉，翩翩起舞

我敢说一座崖壁

绝对与鹤有缘

从此，一座城池

"鹤舞之壁"，倾城绝世

北戴河之旅

当奔波的步履

停顿在北戴河

这一刻，终于寻到海

想从渤海之湾里

打捞出东坡的旧时明月

然后再涂上李白笔下的银光

着实是一种奢望

城市那些左顾右盼的灯火

穿越高楼的林立

疯狂地掠过夜的海面

绝对胜过星星的光芒

一个人在夜风中

听涛、踏浪、撵海风

看浪花儿朵朵忘情
地开着
而白天唱歌的海燕
早已无踪无影

江南雨裳

说起江南总会让人想到

绵绵细雨淋湿的雨巷

像我潮湿的相思

江南，是雨做的

所以，江南梨花带雨

我便是那个雨梦里的江南

雨，便是江南的另一件衣裳

而小桥清流、乌篷船

是点缀江南的好景致

柔柔的吴侬软语

是船娘说给水乡的情话

江南，几许雨巷深深

曾经是你我撑一柄油纸伞

发痴发呆的地方

江南雨，盛满缱绻柔情

我把却上心头的相思

谱成荷之韵

奏一曲高山流水

这也是你最倾心的调子

氤氲我们相爱的每一个季节

那抹柔情深藏的巷子

匆匆荒废的光阴

印在每一声蝉鸣的音阶里

我说起的江南

正是有燕子飞时

流水处处的小桥、曲径幽幽

有桃花朵朵，海棠垂丝

蝶舞莺飞的江南

紫泡桐也开花了

沸沸腾腾香满树冠

这让我不禁又一次心动

我绕过醉卧一滴水里的

双桥周庄和石板路的乌镇
还将绕出稍远一点的
秦淮月、夫子庙、燕子矶
这些都已成为前朝的符号
我更不想问津广陵的往事
那些芍药、茱萸和琼花
花香万顷，不误东风
但它们都只是隋帝
宫墙内的风景
三潭无月，断桥已断，
姑苏城外，客船已远
今夜，只借一盏
黄滕酒慢酌
为你轻吟一首小令
醉在沈园，梦在沈园

这一刻的海风

一刻也不肯安分守己的海风
就这样缠绕着，缠绕着
直到绕瘦了那份
仅存的相思
当海潮再一次吻别
天际那一袭蓝蓝的远
情不自禁，心就与海风有染
最好还是不要轻易说出
海的浩瀚与潮的跌宕
在这波澜壮阔的浩渺里
它时而也缱绻着柔情
于人生的潮汐中顾盼
终无法躲避的还是宿命
莫不如奔向大海
做一次肆无忌惮的叛逆

沧海之贝

对于海

我甘愿做一枚珠贝

只因三世的轮回

我已将一滴沧海之泪

隐藏于贝壳

即使化泪为珠

也不忍滴落

很怕失去了就难再找回

与海的体温相融

浸润着日月灵光

百年为珠

千年为贝

即使曾经的沧海化为桑田

你依然风韵着海之魅

绿岛长风

海南的海

四季都是热情洋溢

绿色更是整座岛屿的主题

海南是万花之岛

海风沿着海岸线奔跑

携着花的芬芳撒满绿岛

葱茏茂盛的椰子树

是海岛的情人

树上荡秋千的椰子里

是另一个睡着的海

那一定是我梦里南海的样子

我是海岛的亲人

来自遥远的北方

盛开雪花的国度

北方的雪花是海岛的情思

海南不识雪花真面目

我捎来一枚雪

藏在我的泪窝

遇到缠绵的海风

我就双眼满盈热泪

请允许我带着一只椰子上路

不论走到哪里

我都可以枕着涛声入梦

海 之 恋

努力用放大镜般的瞳孔

去眺望

我的目光也仅限于

抵达海平线

是否我真的近乎鼠目

凝望大海的时候

我已深情地将心交付与海

却无法将海水

装进心里一滴

那就以我的泪水作抵押吧

在天之涯

我已将诺言

许给大海的彼岸

等待着，那艘远航的归帆

装帧港湾的风景

我就是大海中的一条

执着的游鱼

却无法分辨

泪水与海水的滋味

仅存七秒的记忆

让我无暇顾及惆怅与忧郁

我更期许自己是海面上

那缕自由的长风

每一次与海的缠绵

大海必会奔放出

一团团洁白如云的花朵

我就是淙淙溪流中的

一滴剔透的晶莹

如逝水东流

奔向生命的归程

那一刻与大海相拥

来赤尾溪，濯洗我的三千长发

在你分行的文字里
做一次蓄以待飞的姿势
三月已暖 春水沿过河边
东风抖掉我羽翅里的尘埃
飞越黄果树那一帘帘水幕
来赤尾溪听溪水的流动
我带来最好的时光谱为你和鸣
就像我们在老地方的样子
找回那些丢掉的光阴碎片
在赤尾溪一切重新布局
岸边花草都已从瞌睡中醒来
像我不分昼夜疲惫的相思
你说就数赤尾溪的风景最好

在这里有足够的空间
放逐我们三生的爱情

赤尾溪边的珙桐树开花了
东风摇疼了花的腰肢
你说我就是开满树冠的鸽子花
淡淡地开，优雅地开
不动声色地开
一朵花开，芬芳了就好
不必像牡丹那样妖冶
因为我没有奢华的资本
也不必像山茶花那样明艳
我没有炫耀的理由
你眼里的深藏着的秋波
就是折射赤尾溪的灵动
溪水用软软的手臂
举起你细波一样的柔情
让这清澈的溪水
濯洗我的三千长发
然后把我的影子留给赤尾溪做伴

梦见西沙

确切地说

我是在一首歌里

认识南海和西沙

在我的少女的梦里

穿上那身神圣的海军军装

军帽上两条长长的飘带

随着海风飘扬

那时，家里的广播

是挂在土墙上

用一根长长的电线

连接在村上的扩音器

我的心思就会沿着那根长线

一直抵达西沙

我知道，那是

祖国领海的一部分

我一直认为

在那座海岛上

到处都是流沙

后来，我又从露天电影里

看到风云变幻的南海

原来它们是祖国的前沿

再后来，我就常常在电视里

看到南海所有的岛屿

还有一个少女曾经梦里的西沙

把香进驻梦里

我们预约一个

晴空万里的好日子

准备成捆的文字

激情的溪流 笑的翅膀

你用花枝编一顶礼帽

我系上风的丝巾

春天绿的颜色

在月亮和星星还在熟睡时启程

普罗旺斯太遥远

如果想看薰衣草园

就去熏香的庄园做梦

不去黄粱 那里容易梦醒

我把这座"花语茶庄"的名字

刻在梦的门楣

这里的薰衣草开花了

有十万亩风和十万亩香

就会有一百万亩的梦

必会惊动春宵的蜜蜂

还有蝴蝶香，无力的翅膀

在绥之滨 阳光都是绳索

把紫色芳菲捆成一束束

搬运进我梦的桑田

那片被海风淹没的麦田

面朝麦田的大海

天淡淡的蓝，悠远的蓝

像这片海的倒影

这里田野的绿与海的颜色对立

这里麦田已经习惯

被海风咸咸的味道

辅佐的早餐

习惯被海风撩动麦梢

也习惯这种淹没的状态

淹没进苍茫

淹没进无边无际的无助

恋上麦田的海

就喜欢看这些站着的

横卧着的麦子

看着麦子变成诗歌里

举案齐眉的文字

变成我多愁善感的平仄

和浪花毗邻的麦子

它们都含情脉脉

向着这片无穷远的麦田

任谁都会望眼欲穿

被海风撩动的麦田

每株麦子 白天都不说话

它们相信，沉默是最好的生命姿态

只有夜里，海潮一步一步撤退

思念便会疼了岛上的石头

——写在山东石岛

扬州的青花瓷

在我的心里你就是一只

透着古韵的青花瓷

你只属于扬州

瘦西湖你美得细腻柔和

美得婉约、精致、丰润

在你隽秀怡美的一寸山湾里

写着一种灵动的清婉

风韵万千的二十四桥

是否还夜夜笙箫

曾无数次梦里念你

今朝终于邂逅

这洒满绿荫的岸堤

悠悠的湖水都漾满了诗句

脚下的每一条青砖石缝

都蕴含着前朝的平仄

细风中流淌的花香

溢满醉人的诗意

驻足，凝望，流连

你的美，一点一点地

浸染着我心底的那一抹柔软

我真的好想，真的好想

将你轻轻地掬在掌心尘封

扬州，古运河的投影

扬州，我从迢迢的北方以北寻来

穿越了时空的浩渺

只想一睹瘦西湖的瘦

是否瘦过伊人的相思瘦

我知道此时已错过阳春三月的烟花

我不能再遗失风情六月的细柳

夜色斑斓，灯影流泻

浅浅地揉进古运河这粼粼的玉波

可是将千年的心事倾诉给异乡的过客

我试想用已非金莲的双足　将这一块块

青色的石板丈量　然后再寻回上古

试想在这一道道的石缝里

寻到唐后主的林花春红

寻到清照的人比黄花瘦

请允许我在这冗长的深巷等待一场雨

等待那个远去的丁香 恳请借一把油纸伞

我要撑出一个风韵别样的扬州

深圳，一只涅槃的火凤凰

霓虹的夜景胜过天上的街市

繁华的市容呈现百姓安居的写实

一个曾经渔村的蜕变

过程不仅仅是时间和空间

更是一个民族思想的体现

深圳，你像一只涅槃的火凤凰

腾飞着中华民族崛起的精神

深圳，一个国家灵魂的窗口

你的面貌，是国人素质的容貌

你的神情，是亲人遥望祝福的眼神

你的繁荣，是一个民族汗水的结晶

没有冬天的都市

南国，四季的花香开满街巷

这里是一座没有冬天的都市

这里是一座没有异乡人的都市

百花的芬芳馥郁人们的笑靥

流淌的光阴都是一枚枚

染透浓绿的叶子

空气中充溢着无限的生机

一朵朵笑翻的浪花

开在大梅沙，小梅沙

这对孪生的姐妹的心口

她们是这座都市的前沿

更是游人最向往的热带海岸

我前朝今世的情人

金柳绕着陌上情愁

是该寻一枚秋杨的叶子

将所有的期许及你的名字写下

在告别所有落红的日子

就像那些遗失的胭脂时光

瘦西湖在我彻夜的相思里

只剩下一个瘦得不能再瘦的"瘦"

还有你的别名"广陵"

似乎已被人遗忘

今夜 运河不再寂寞

青色的墙和石板巷与我相遇

你浅浅的笑足够证明

我前朝今世的情人，扬州

2014 年 10 月 29 日写于社会实践的途中

当我轻轻叩动你的门扉

江南，秋色单调了一些

确实少了姹紫嫣红的妩媚

少了荷塘月色的怡美

寂寞的明城墙

似乎根本不在意这些

花哨的渲染

墙角处的我

就是你三生的风景

当我举起纤柔指

轻轻地叩动

你禁闭千年的门扉

这才是你无言的期盼

紧贴你历史的胸脯

在你城墙的转角处

聆听你的倾诉和心跳

踩着斜阳的余韵

留下我温婉如兰的气息

带走你，望断一只紫燕飞去的惆怅

流韵秦淮

今夜的秦淮

月依然是瘦的

亦如伊人的柳眉

高悬于你的思念里

秦淮河的流水是

灵动的文字

总会让人不由地

想把一份长长的相思

梳理成诗，秦淮之月

映在金波摇动的水影中

顺理成章地完成了

一次灵魂的裂变

幽幽地穿透湘君那

一泓深情的眸

探寻流向远古的痛

有你的远方

有你的远方，再远也不远

一座只写半个你

却绕过九曲溪的山

我把三生三世之缘

都寄托的地域

你的眼神穿透了夜空

只为要与你赴约

你就把一种疼拴在

另一个你的心尖上

午夜的夜 寂寞如烟

银河划过的帆影

是流星的画外音

在你走丢的日子

我把泪珠
一颗一颗地穿起
那是我凭生
积攒下来，最珍贵的珠宝
藏在蚌里，是我疼过的心事

在心里写下一座城的名字

在一座城池的周边

沙子是柔柔的白色

我在猜想，一定是被

草原风认真地漂洗过

细细的沙　如你细腻的柔情

写在八百里瀚海

那不同季节的风韵

就像这座城的本性与特质

无须以平仄描摹

但必须要在心里写下这座城

以及与你有缘人的名字

以及每一次举起的酒樽

都赋予了查干浩特的豪迈与盛情

樱花缤纷时，我在树下等你

任性无须理由和条件

而你是如此让人心疼的任性

你把自己成朵成朵地揉碎

被风撕成十八瓣也不示弱

依然是成朵落下

是岛上的风过于尖刻

妒忌你忘乎所以地花开

我见过桃花，梨花，杏花，海棠花

种种的花枝，它们都是一瓣瓣

小心翼翼地肢解花骸

就连雍容的牡丹，也不能幸免

楚楚的香消就是你的与众不同之处

我轻轻地掬一捧你缤纷的落瓣

就像我久远飘零的美好时光

让一颗疼着的心

无法承受这生命之轻

又是重重地压弯我羸弱的手腕

在你落花成冢的日子

如果等待可以让你

躲过这场花殇的劫难

我甘愿在树下守候千年

2015 年 5 月写于山东石岛

郫都印象

郫都的山川

是一幅大写意的图画

而最盛名的要数郫都的豆瓣酱

春天豆花开过一茬

云缝里都飘着豆花香

豆秧上就会结一串串饱满的豆荚

乡里人的心就踏实了

家乡人酿制的豆瓣酱

香满了华夏人的舌尖

山河万里，豆花香万顷

总会让人想起

与豆子相关的一些词语

比如，豆蔻年华的女孩

比如，麻婆豆腐

从此，蜀乡的蜀道不再难行

源于豆花四溢的芬芳